# 愛は、こぼれるqの音色

図子 慧
*ZUSHI Kei*

アトリエサード

装画：土田圭介

# 目次

愛は、こぼれるqの音色 …… 7
密室回路 …… 49
□1 ファインズ …… 51
□2 西蓮寺ビル …… 55
□3 黒丸 …… 60
□4 ガーディアンズ …… 76
□5 会議 …… 91
□6 千のピンク …… 106

□7 ブラックボックス …… 122
□8 WANKO …… 138
□9 バッツ …… 151
□10 解雇 …… 161
□11 復帰 …… 173
□12 借り …… 196
□13 さいごの客 …… 204
□14 ファインズの娘 …… 224
解説 …… 岡和田晃 250

# 愛は、こぼれるqの音色

競売物件には、思わぬコストが付きものである。

市谷田町《いちがやたまち》のリバーサイドテラス九〇一号室は、物件調査のときには占有者なしと記録されていた。一二〇平米の角部屋で、築十五年。住宅ローンが滞ったため競売にかけられた。

不動産会社のシティサイジングが落札して、すぐに客がついた。手付け金が支払われて仮契約が結ばれた。そこまでは順調だった。

内装業者から連絡があり、担当者が確認にいったところ、九〇一号室の電気ガス水道が勝手に契約されていることがわかった。以前の持ち主がいつのまにか九〇一号室にもどって生活していたのだ。

会社側は部屋からでていくよう求めたが、女は応じなかった。

女は、競売差し止め請求の裁判中にもかかわらず銀行側が勝手に競売にかけたこと、今起こしている裁判の判決がでるまで、この部屋の法的な所有者は自分だと主張した。

『無理やり立ち退かせるのでしたら、わたしはここで死にます』と女はいった。

・

黒丸《くろまる》は九〇一号室のチャイムを鳴らして、耳を澄ませた。室内でチャイムが小さく鳴っている。

「都和《つわ》さん、顔をみせてもらえませんか?」

彼は、ドアを値踏みした。ふだん回っている物件とはサイズも光沢もちがう高グレードの玄関ドア。

中にいる女は銀行と裁判をしている。女が入院していたあいだに、銀行の担当者が手続きを踏まずに物件を競売に流したからだ。二〇五〇年代の不動産市場は真空並に冷えこんでいるが、一等地の優良物件が五分の一まで下落することはない。大方、ここを買いたいという客がいたから、シティサイジングが銀行の担当者を抱きこんで競売にかけさせたのだろう。この間抜けはセキュリティ会社の登録情報を変更しておくのを忘れた。女は、セキュリティ会社を呼んで部屋のロックを解除させた。ついでに銀行がつけた電子ロックとカードキーを無効にした。銀行の担当者は解雇された。

黒丸は占有者のデータをもう一度、確認した。

占有者は都和カレン。四十五歳無職。家族なし。

「都和さん?」

黒丸は、ドア横のカードリーダーを横目でみた。ロックを解除して侵入する案は、即座に却下した。侵入するのは簡単だが、不法侵入で挙《あ》げられるのは割りにあわない……。

シティサイジングには占有者追いだしの専門部署がある。自分は、そこの強面を送りこむ前の伝令といったところか。

『瑕疵《かし》物件は困る』

賃貸部門主任の指示はそれだけだ。

隣の二号室のドアがあいて、コートをきた老人が背中を丸めてでてきた。小さなゴミ袋をぶらさげている。チラッとこちらをみたあと、老人は訪問者の若さに気がついて、黒丸をじろじろながめた。

黒丸は会釈した。

「あんた、一号室の人の知りあいかい?」

「カレンさんと連絡が取れなくて。留守ですかね」

老人は好奇心を隠そうとしなかった。痩《や》せこけて青白い肌をした若い男と、隣の中年女性の間柄を考えている。黒丸の薄汚れた黒のジャケット、ひょろりとした長身と突き刺すような鋭い目を順にみて、不動産会社の社員なら、もっとまともな格好をしているはずだと結論をだした。

「都和さんの身内かい?」

「頼まれて様子をみにきました」

都和カレンに二十代の息子がいてもおかしくない、と老人は考えている。

「彼女、買い物はしてますか?」

「いや。ぜんぜん外にでないね。わたしらも心配してるんだけどね」

老人がいってしまったあと、黒丸は水道に電気、ガスのメーターを調べた。ガスだけは会社が止めていたが、電気と水道のメーターは動いていた。

ジャケットの内ポケットから、ヘッドセット型ディスプレイを取りだして耳のうしろのジャックに差しこんだ。

「室内探査。熱源は?」

『このドアごしじゃ無理だ』

ナビゲーターのしゃがれ声が応えた。

『ソニック探査で我慢しろ。バリケードを築いてる』

ヘッドセットのディスプレイに、ドアフレームがロードされた。ドアをおおうパイプの輪郭がみえた。工事現場の資材を持ちこんだのか? 占有者の人影はみえないが、室内のどこかで息をひそめていると思われた。

都和カレンが自殺するまで待ったほうが、手間ははぶける。そんなことを考えながらマンションの外にでて、駐車場から九〇一号室のベランダをみあげた。独立型のベランダで、侵入するとすれば上の階からおりるしかない。上階の部屋は郵便ボックスをみたかぎりでは留守のようだ。

死体の運搬のことを考えた。体重はどのくらいだろう？　女の体格を調べる方法を考えているあいだ、ヘッドセットのディスプレイを広告とメッセージが流れていった。求人情報に、男の求人はほとんどない。飛びぬけて高給なのは女のq波モデル募集。黒丸はヘッドセットをはずして、ジャケットの内ポケットにしまった。

メモ用紙に、自分のアドレスと『仕事と住むところを世話します』と書いて、九〇一号室のドアの下から差しいれた。もう一度チャイムを鳴らしてマンションをでた。

・

不動産屋の仕事をしているが、黒丸は自分の住処《すみか》を持ってない。

客を探しながら空いた部屋に潜りこんで数日泊まり、借り手がつくと引き払う。そのくり返しでしのいでいる。

今寄りついているのは北千住の廃病院ビルで、一階部分はほぼ水没している。二十年ほどまえの荒川大浸水の破堤によって浸水した地域のど真ん中にある。公式には立ち入り禁止区域で、ほとんどのビルは倒壊して使用不能だった。基礎部分が冠水したビルは、水のなかに空き箱を沈めたのと同じ状態だから、時間の経過とともにビル全体が浮きあがって倒れる。

彼が部屋を借りている病院ビルは、基礎が深いためかろうじて立っているが、何年も前に退去命令がでていた。下層階は鉄筋部分まで腐食がすすんでいる。ここも、いずれ崩れるだろう。だが住人は気にしてない。上のほうの病室は、川の臭気さえ気にしなければ、まあまあの住み心地だ。水や電気といったインフラも使える。非合法の賃貸業者が斡旋《あっせん》する部屋だから、住人はそれなりに悪質だが、失う物のない男ひとりで住む分には充分だ。

黒丸は、鐘ヶ淵《かねがふち》で水上バスをおりた。

停留所そばのコンビニで夕飯を買って、堤防から川のなかに伸びた歩道橋を伝い渡って浸水地域に入った。浸水したビルと堤防のあいだに、仮設の細い橋がかけられている。工事用の足場パイプとアルミの足場板で組み立てられた狭い橋は、一足ごとに危なっかしく揺れた。橋の下をモーターボートが通過してゆく。

川からただよう悪臭は、寒さのせいでやわらいでいる。

仮設橋からは、病院の小さな船着き場がみおろせた。最上階のスタジオに出入りするプロダクション専用の船着き場だ。

黒丸は三階から入って、内階段をのぼった。途中、顔見知りの男とすれちがった。白衣をひっかけ、白髪《しらが》まじりの無精髭《ぶしょうひげ》をはやした五十男で、疲れきった顔をしている。

「よぉ、坊主、酒を持ってないか。もっといいものとか?」

プロダクションのスタッフで、医者だ。黒丸が首をふると、医者はぶら下げたレジ袋に手をのばして中身をのぞいた。

「シケてんな。金を払うから酒とツマミを買ってきてくれないか」

「これから? 冗談だろ」

夜になれば、川面《かわも》にかかった仮設歩道橋は真っ暗になる。治安の悪さは洒落《しゃれ》にならない。歩いているものは犬でも襲われる。

医者は、端末の画面に、四桁《けた》の買い物代金をだした。黒丸はしぶしぶ金を受けとった。

「撮影中?」

「ああ、女がいってくれない」

「そりゃ大変だ」

バッテリーの残量を確認してから、病院をでた。買い物をすませたときには、川は真っ暗になっていた。足下をライトで照らしながら仮設橋をわたり、小便臭い内階段をのぼって最上階にいった。

ドアのまえのモニターで医者を呼びだした。ロックが外れた。

最上階はパーティションで仕切られて、狭い廊下は安物のカーペットが何枚も敷きつめられている。壁ごしに女のあえぎ声が聞こえてきた。

コントロールルームは突きあたりの広い部屋で、暗がりに数人の男女が立ったり座ったりしてモニターをみつめている。医者は、ヘッドセットをかけてモニターの前に座っていた。黒丸は医者に合図して、隣のテーブルに買い物袋をおいた。

モニターに、ぼやけた胴の一部が映っていた。藍《あい》色の肌と褐色の肌。派手なあえぎ声がスピーカーから流れてくる。モニターの立体波形をみた限りでは女はほとんど興奮してないようだ。ピークを示す赤の波形がなかった。画面は青と緑の波で占められている。部屋をでようとしたとき、医者が呼びとめた。

「あの女、いってると思うか?」

黒丸はモニターをながめた。藍色の身体に乳房のまるみがみえた。肌が藍色なのは、磁性ペイントを塗っているからだ。乳首と粘膜部には極細の金のネット状センサーが装着され、透明なシリコンカバーで保護されている。

暗がりで金色に煌《きら》めく乳首と唇の尖《とが》りは本物だ。たぶん性器も充血している。女と男ふたり。性器の位置から体位を推測しようとしたが、途中であきらめた。

「女優はいってるっていうし、男優も保証してるんだが、ピーク波形がでねえ」

「いってるようにみえるけど?」

「じゃあマッチングしねえってことか。マスターベーションではいい線いってたんだが」

医者が合図すると、隣の男がマイクにむかって「やめろ」といった。モニターのなかで絡んでいた三人の動きが止まった。男のひとりが勃起《ぼっき》したペニスを藍色の女から引き抜いた。だるそうに圧力感知マットをおりて画面から消えた。

女はうつ伏せになってアイマスクを外した。収録中は視覚を遮断する。視覚情報の処理は脳全域に影響を与えるため、それ以外の脳波を拾うことが難しくなるのだ。収録中は被験者の目をふさいで映像は別撮りする。女は股間の金色のカバーに手をのばした。

『これ、外しちゃっていい?』

「だめだ、触るな。その下のセンサーはおまえのギャラより高いんだ。ヨウスケ、センサーを外してやって」

モニタールームの照明がついた。指示をだしていた小柄な男がヘッドセットを外しながら、医者にたずねた。

「彼は？」

男は医者より若いが、生え際はかなり後退している。ひょろりと痩せて、目ばかり大きな弱々しい体付きから映像関係者と思われた。

「下の階に住んでる不動産屋の小僧だ。黒丸っていう」

へえ、と男は黒丸をながめた。うるんだ大きな目が、黒丸の衣類の下をなぞるように動いた。手をのばしてシャツの上から筋肉の付き方を調べた。

「いい身体をしてるな。一仕事しないか？」

「そいつはやめとけ」

医者がいった。

「q波が拾えない」

「テストしたのか？」

黒丸はうなずいた。先週、医者に頼まれてテストを受けたが、彼の波形はひとつもモニターにあらわれなかった。

「ま、映像だけでいいか。あんた、ガールフレンドはいるんだろ。カップルで撮らせてくれるなら、ギャラは弾むよ。彼女の反応を収録させてくれるなら、十倍払う」

「馴染《なじ》みの相手のほうがいいってこと？　それなら身内で撮ればいいじゃないか」

「女房なんて最初に試したに決まってるだろ」

部屋にいた全員が笑いだした。男が大半だが、女も何人か混じっている。テイクが失敗したにしては雰囲気は悪くない。黒丸が運んできた買い物袋から、それぞれビールやコークを取りだして呑《の》みながらしゃべっている。

タオル地のガウンをきた若い女が入ってきた。長身で、大きな胸をしている。濡《ぬ》れた髪が細かなカールになって、肩にたれていた。モニターに映っていた女だと気がついた。化粧っけがなく眉《まゆ》は消えているが、浅黒い肌はつややかで美人だ。

女は、スタッフたちより若い黒丸に興味を惹《ひ》かれたらしく、コークを受けとって寄りそってきた。

「あたしがいきそこなった話？」

「完ぺきな波形がだせる女なら、大儲《おおもう》けできるって話だ」

撮影監督がオーガズムの話をはじめた。過去にもっとも成功したキネクスの女優たちのエピソードを。レッドゾーンに一回到達した女優のコンテンツは、一時間で百万回ダウンロードされた。q波形がレッドゾーンまでいかなくても、新作をだせば必ず購入するユーザーが世界中にいて、要望メールを送ってくる。かれらの大半は、夫婦や決まったパートナーのいる人々で、セックスの前戯としてキネクスを利用している。今日のテイクも商品化されれば、採算ラインの売り上げが見込める。だが、女性の完ぺきなオーガズムが収録できれば、十年は働かなくても食っていける。

「よくわからないな」

黒丸は話を聞きながら、疑問を口にした。

「完ぺきなオーガズムのq波の記録はないんだろ。それなのに、あんたたちはそれが存在する前提で話をしてる」

「存在しているからさ」

医者がコンソールを指さした。

「理想のオーガズムのq波形の記録が、最初からあの中に入ってたんだ。サンプルとして。おれたちみんなそいつの完全なデータを手にいれたいのさ」

・

キネクス、またはクィネクス、短縮形でキネカと呼ばれるコンテンツ群の正式名称は、オートキュー・ニューロン・リカバリー・システム（ANRS）である。オートキューとは随意記憶想起を意味する。

ANRSは、医療用として開発された。

2047年、日本の緑陰大学病院移植医療研究所の定法哲《じょうほうてつ》（医学工学博士）が、脊髄《せきずい》損傷による四肢麻痺《まひ》患者の神経移植手術後に、このシステムのプロトタイプをもちいて患者の神経回路のリカバリーに成功した。現在ANRSは、脳神経回路の障害や、部分的神経麻痺、移植治療後のリハビリテーションなど広範囲の治療に利用されている。

もっとも成功をおさめたのは、性機能障害患者の治療むけコンテンツ、いわゆるキネクスと呼ばれる商業コンテンツ群においてである。

人間の大脳運動野には、基本的な動きのパターンと処理のためのシークエンスが生得的に記録されている。五感からの情報は、脳の一次処理領域に送られて、そこでふるいにかけられて二次情報が次の階層に送られる。

定法哲は、情動野を刺激するシグナルに注目した。彼はこれらの脳波をトリガーq波群と名付けた。トリガーq波群が、スポーツや戦闘、性行為などの複雑な動きの記憶領域に対応していることを明らかにして、そのq波形を測定する脳波計を開発した。

とはいえ、こうした研究は世界中でおこなわれており、定法が先んじていたわけではない。彼の研究を際だったものにしているのは、技術者としてのセンスと置かれた環境である。定法は自身が経営する緑陰大学病院内に巨大なq波解析システムを造りあげた。同時に、患者専用の小型マシンを開発して、その特許を無償で公開した。結果として、患者用マシンはゲーム機なみのポテンシャルと価格を備えたものに進化した。

とはいえ定法が構築したシステムは万全とはいえなかった。

第一に、システムが与える仮想の体感は現実のそれより劣っていた。さらに、受容の際の個人差が大きかった。運動シークエンスが複雑なものになるほど、個人の体感差は広がった。

もうひとつ決定的な制約があった。

キネクスは、システムにあらかじめ設定されている『年齢』『性別』にマッチした人間でなければ、出力されたデータを体感することができないのである。

つまり男性が、女性用のコンテンツをプレイすることは不可能であり、同様に子どもが大人のキネクスを体感しようとしても脳に刺激は伝わらないのだ。

定法哲は、システムの構築にあたって、緑陰大学病院で数千人単位のモニタリングをおこなった。さまざまな年齢、性別の人々における入出力のサンプルを収録した。サンプルごとに出力波のターゲットになる神経細胞の座標位置と神経信号のパターンを特定して、グループ分けをおこなった。そして、おそらくは、適切な年齢性別以外のユーザーが利用しようとしたときに、出力を停止させる強力な予防措置をほどこした……。

キネクス利用にあたって、ユーザーは最初に自分が体感できるサンプルモデルを選ぶ。それにあわせて緑陰大学病院内の基幹システムから、データが送られてくる。

この手順はキネクス制作側もほぼ同じである。

制作者は、被験者のq波を収録して、データを緑陰大学病院の基幹システムに送る。その際、データ変換料金を支払う。入力データは基幹システム内で出力データに変換されて、解除キーが業者に送りかえされる。

このシステム上のブラックボックスの制約があるため、違法なq波を収録してデータ化しようとすれば、通信は即座に遮断されて該当地域の管轄局に通報される。

定法が掛けた保険はほかにもあった。恐怖心、痛覚、嫌悪感といった負《ふ》の感覚は、通常動作シークエンスとは切り離されており、一般ユーザーは利用することができないようになっていた。痛覚のリカバリー治療を受けることができるのは、緑陰大学病院と契約した治療機関のみ。また痛覚キネクスを外部機関が独自に作成することも許可されてない。

たとえ痛覚のq波データを非合法に収録したとしても、緑陰大学病院の基幹システムのブラックボックスを通さなければ商品化できないとあっては、非合法コンテンツを長年手がけてきたポルノ業界も諦めるしかなかった。

システムを開発した定法哲が、システムの娯楽利用を意図していたのは明かである。彼は、頻繁にバージョンアップをおこない、サンプルを追加している。同時に悪用されないようプロテクトをより強固にしている。動作以外の情動情報、いわゆる既知感、確信感なども洗脳に利用される危険があるとして、q波のデータ変換には応じてない。

こうした制限にもかかわらず、キネクスは新しい娯楽として急成長をつづけている。

運動サンプルのなかには、男性の勃起不全を改善するリハビリテーションモデルが含まれている。九十代から十代までサンプルモデルは豊富である。しかし痛覚や嫌悪感の含まれない体感の出力データでは、性交渉の相手のちがいはほとんど認識されない。また九十代の男性が、十代の男性のサンプルにあわせても得られる体感はほんのわずかである。

女性の性行為のサンプルに至っては一例しかない。

性行為におけるオーガズムのq波は、成熟した女性にあわせて出力固定されており、男性や子どもが自分にセットしたところで、なにも感じないことは証明されている。このオーガズムのサンプルデータは、性器周辺の入力にかぎられているため、全身の性感帯への波及効果もない。

ともあれセクシャルなサンプルのおかげで、システムは急激に普及したが、用途は限定されたままだった。

膨大な数のセクシャルなキネクスが世界中で製作されて、バイブレーションや映像がミックスされて販売されている。しかし利用できるのは適正な性別の成人男女であるため、すべてが医療コンテンツとして流通している。

「そりゃいつかだれかがちがうシステムを作るさ」

監督のマキタがいった。夜がふけて、打ち上げパーティの参加者たちはあちこちに座りこんで、雑談に興じていた。女優は着替えたあと、今は黒丸の肩に頭をもたせかけて寝息をたてている。

「でも、おれは今のシステムが気にいっている。子どもや女を虐待するようなフィルムを作らなくてすむからね。合法的なセックス産業の従事者ってのはいいもんだよ」

妙になごやかな現場の空気はそれが理由か、と黒丸は合点がいった。

「体感できるのに、データ収録できないのはどうして？」

医者が説明した。

「女性のサンプル、あれはたったひとりの被験者にあわせてデータの収録値が固定されてる。出力のデータは、十四歳未満ではまったく感知できない。十七歳の体感率は１０パーセント、二十五歳すぎれば急激にトレース率があがって、９０パーセントの女が体感できる。ところが、オーガズム時のq波は、サンプルとマッチング率の高い女じゃないと収録できないんだ」

黒丸はいった。

「ようするに大人の女ならサンプルで感じることができるが、オーガズムのデータを収録できるのはサンプルの女ひとりだけ、そういうふうに定法が決めたということか？」

スタッフの女性が口をはさんだ。

「女優が、センサーを全身につけて本物のオーガズムを感じるのはものすごく難しいのよ。だからあのサンプルの被験者は、定法哲の妻じゃないかって噂《うわさ》」

「本人の公式コメントはないけどね。否定もしてない」

「定法哲ってのはあれだろ。自分でバイオ企業を所有して、病院も持ってるんだろ？」

一定法哲の話題になった。資産家に生まれて、自分自身の研究のスポンサーになった研究者。一族が経営する緑陰大学病院は、公的保険の適用外の自由診療がほとんどで、富裕層むけの治療に特化している。庶民には縁のない病院だ。だが、治療機関としては高い評価を得ている。

「定法哲は三十代だっけ。気難しいらしいな」

それは黒丸も知っている。

「奥さんは、どんな女性?」

医者は、自分の端末に画像を呼びだした。

「ラスカー賞を受賞したときの映像」

美人を期待しながら画面をのぞいた黒丸は、一目みて拍子抜けした。定法哲の妻は、夫と同じ歳ぐらいのふくよかで感じのいい女だった。しかめ面の夫と腕を組んでカメラに笑顔を向けている。その笑顔が心からのものであることは、互いの表情でわかった。

「夫婦仲がよさそうだな」

夫に目を移して、定法は変わってない、と黒丸は考えた。緑陰大学病院に入院していた子どものころ、彼はたまに診察にくる定法哲を人の形をした機械だと思っていた。感情を消した凍りつくような眼差しをしていた。

当時の定法は若かったから、表向き上司の指示に従っていた。だが、その女の上司がいないときは子どもたちに無慈悲にふるまった……。

医者は肩をすくめた。

「女房は病院のスタッフだったって話だ。定法は病院中の女と寝て、結婚相手を選んだんじゃないのか? とにかくこの女と同じ脳をしてる女は本人以外いないってことだ。その本人だって、三人の子持ちになった今じゃ収録時とは別人だろう。女性の脳は出産で劇的に変化するから」

「つまりこの世に存在しない。そういう女のデータなんだ?」

全員が同意した。

夜あけ前、川をさかのぼる船のエンジン音で、黒丸は目覚めた。

ベッドからおりて窓の外をながめた。川面を毛布のような霧がおおっている。対岸のビルは霧にかすみ影のようだ。時刻を確かめて、ジーンズをはいた。

女はまだ眠っている。起きろ、と肩を揺すった。

「仕事にでるから、バス停まで送る」

何度か揺さぶってようやく女は目をさました。

「寝かしてよ。だるくてたまんない」

「ここらは危ねえんだ。今のうちに送る」

女はぱっちり目をあけた。「そういや船できたんだ」とつぶやいた。

「なんか臭い。なに？　トイレ？」

「川の臭いだ。今日は風がないから」

女は形のいい鼻にシワを寄せた。しかめ面で起きあがり、ベッドボードにひっかけた下着とシャツを着はじめた。朝日のなかでボロボロの内装にはじめて気づいたらしく、天井の腐り落ちたボードや配管、断熱材がむきだしになった壁をみた。床の隅を虫がはうのをみつけて、「うわ」と声を漏《も》らした。

「不動産屋でしょ。もっとマシな部屋ないの？」

「日雇いだからな。身元保証人もいないし」

黒丸はわずかな身の回り品をバックパックにまとめた。女はなにかいいかけたが、口を閉じた。

バスルームを使ったあと、ベッドに腰かけてブーツの紐《ひも》を結びはじめた。黒丸は片方のブーツの紐を結んでやった。

女が上目遣いにみあげた。

「昨日、あんた、一緒にいかなかったよね？　自分の手でやってた。よくなかった？」

「おれは時間がかかるんだ。あんたはすごくよかったよ」

女の前髪の細い束を顔からそっと払いのけた。そんなふうに触《さわ》れられたい、と思っているのが感じられたから。女の左腕が肩にまわされて、温かい唇が口に押しあてられた。もう一方の手は彼の股間《こかん》にある。ジッパーがおろされる音を聞きながら、彼はドアをみつめた。だれかが廊下を通りすぎていった。鼻をすする音で、映画スタッフのひとりとわかった。ブーツに忍ばせたナイフから手を離して、ジーンズをおろした。

女の筋肉質の長い脚が腰にまきついた。昨夜より反応がよかった。シーツに体液が染みるほど濡れていた。女は、黒丸の腰にまたがってビルの最上階まで届きそうな声をあげた。女が達したあと、彼は便器にむかって性器をしごいた。なにくわぬ顔でジーンズをはいてバスルームをあけわたした。

女が身支度するあいだ、廊下と階段を調べた。危険がないことを確認してから、女を部屋からだした。

早朝の堤防ではホームレスたちが朝食を作っていた。ここまでくれば危険はないのだが、女は彼の腕にしがみついたままだった。大通りにでると緊張がとけて、饒舌《じょうぜつ》になった。

何度もあの病院のスタジオにきたが、外を歩いたのははじめてだといった。学生で、親がかりの身ということもわかった。アドレスを教えてもらい、ニキという名前を知った。

「あそこの建物、ヤバイんだ?」

「下の階に窃盗団が住んでる。スタジオの外は歩かないほうがいい」

「うわ。そんな場所をなんで使ってんの?」

「普通の場所じゃ許可がでない。機材を持ってるのは、ビルのオーナーの香港マフィア。プロダクションの出資者も同じ」

「医者もマフィア?」

「ありゃ薬中だ。借金があるんだろ」

「あたし、この仕事やめる。気にいった男と気持ちよくなれば金をもらえると聞いたのに、払いは渋いし、ぜんぜん気持ちよくなかったし。もうやめた」

それがいい、と黒丸が笑うと、女も笑った。水上バスのバス停で待っていたとき、彼女がいった。

「ねえ、あたしの部屋にこない? 今ひとりだからかまわないよ」

黒丸は女の顔をみつめた。熱意と迷いが消えたりあらわれたりしている。彼に執着しながらも、今いったことを取り消したいと考えている顔だ。

「一週間後も、あんたがそう思ってるなら」

水上バスは通勤客で混みあってたから、ふたりは恋人同士のように抱きあって立っていた。頬《ほお》に触れる巻毛はいい匂いがして、彼はこのままついていきたいと思った。女は浅草でおりるといった。水上バスが浅草の手前で減速をはじめると、女は迷いはじめた。女がおりるかどうかで彼は賭けた。もしここで彼女がおりないなら、そしたら……。

だが女は浅草で水上バスをおりた。桟橋《さんばし》でふり返って手を振ったが、その顔に浮かんだ硬い表情で、黒丸は女の気持ちが変わったことを悟った。勤め人に囲まれて立っている黒丸をみて、彼がどんな種類の男か気がついたのだ。黒丸は両手をポケットに突っ込み、もう会えない相手にむかってうなずいてみせた。

・

九〇一号室の女はまだ生きていた。

あいかわらず部屋からでてこないが、気配は感じられた。黒丸はチャイムを押して呼びかけ、ドアの下にメモをはさんだ。

玄関ドアにもたれて、買ってきた飯を食べた。

『若くなくて家族もいない女になにができるっていうの?』

インタフォンから聞こえた声は、澄んだアルトだった。黒丸は食べながら、インタフォンのボタンを押した。

「そこで餓死すること以外に?」

『いっとくけど、きれいに死ぬ気はありませんから。なにを食べているの?』

黒丸は自分の手元をみた。合成食品で、ビーフの味がするなにか。そう答えた。

『そんなものが食事?』

顔が火照《ほて》った。インタフォンに背中を向けて、ナゲットをレジ袋にもどした。袋の取っ手をごそご そ結んでいると、都和カレンが話しかけてきた。

『パンを買ってきて、お願い。紅茶とコーヒーも』

「それだけでいいのか?」

一気に商品名があふれだした。憶《おぼ》えきれず黒丸はボイスメモリーを押した。頼みを聞く気になったのは『お願い』の一言のせいだった。所持金を調べていたとき、つま先になにか触れた。紙幣が二枚ドア下からはみだしている。

駅ビルで買い物をして、山のような荷物をぶら下げてマンションにもどった。インタフォンを押す前に都和カレンがドアをあけた。

あまりに自然に家に招きいれられたので、驚きを口にするヒマもなかった。荷物を運びこんで室内を見回した。がらんとしていた。玄関横にビニールパイプの山、流し台の横に旧型の冷蔵庫と古びたポット、炊飯器が置かれていた。家具はなにもない。

それでも秩序めいたものが感じられた。

都和カレンはベージュのセーターにジーンズという姿で、食料品を冷蔵庫に移している。ほっそりしていたが、餓死寸前にはみえなかった。

「いつ買い物にいってるんだ?」

「同じ階の人たちが差入れしてくれるから。冷蔵庫は不要品をもらったの。わたしの持ち物は銀行に処分されてしまって」

昨日会った隣室の老人を思いだした。老人が詮索してきたのは、彼女を心配していたから、と気がついた。

「裁判所の仮処分がでるまで、立ち退くなと弁護士にいわれたの。でも疲れちゃった」

カレンはしゃべりながら、流し台で野菜を洗って小さな果物ナイフでパンを切った。手際がよかった。

夫が病死したこと、心労で肝臓を悪くして入院していたあいだにローンの支払いが滞ったこと、退院してもどると家財道具が処分されて、自宅が競売にかけられたことを知って気絶した、と淡々と話した。銀行の担当者は懲戒解雇されたが、家は落札されて第三者の手にわたっている。取りもどせるかどうか微妙だった。

打ちあけ話を黒丸は床に座って聞いた。料理ができあがると、カレンは床にテーブルクロスを広げて、紙皿に盛ったサンドイッチとサラダを並べた。サンドイッチは美味《うま》かった。ドレッシングもマヨネーズもないサラダも。

「あなた、いくつ？」

「二十一か二だと思う。わからねえ。浸水孤児だったから」

「荒川の？　あなた赤ちゃんだったんじゃないの？」

いつもなら適当にごまかすが、今日は素直にうなずいた。そういう話を受けとめてくれる相手はあまりいない。カレンの大きな二重の目がうるんで涙の膜が張った。

「お父さんもお母さんも亡くなったのね。さびしかったでしょう」

ありふれた台詞《せりふ》でも、声にこめられた同情は本物だった。彼は同情心には慣れてなかった。相手のやさしさが、不意の嵐《あらし》のように黒丸の心を揺さぶった。動揺のあまり身体の感覚までおかしくなった。歯を食いしばって感情の波が通り過ぎるのを待った。

「息子が生きていればあなたと同じぐらいの年よ。二歳のときに病気で死んだの……。その写真も捨てられてしまった」

ひどい話だと彼も思った。だが、居座ればもっとひどいことになる。

「いくところはないのか？」

「親戚や友だち？　助けてくれる人たちはいる。でもここにいたいの。思い出はここにしか残ってない」

空っぽの部屋の壁にもたれて、追憶にひたる女の姿が浮かんだ。部屋を満《み》たしている悲しみが幾重もの波になって寄せてきた。息が苦しくなった。

「引き払ったほうがいい。荒っぽい連中がくるから」

「あなたみたいな人？」

「おれはただの使い走りで。上の連中も試しにおれを寄こしたんだろう」

口にしてから、それが真実だと黒丸は気がついた。ただし試されているのは、彼のほうだ。九〇一号室の占有者をどう処理するかで、今後の待遇が変わる。考えながら、彼はいった。

「あんたがいくらがんばっても、来週には、ここは空室になっている」

「立ち退《の》かされるってこと？　どうやって？」

「想像しているより、ひどいことが起きる。つまり、うちはまともな会社じゃないんだ」

カレンのやつれた細面の上を、さまざまな懸念が通りすぎていった。恐怖は感じてないようだ。想像できないのだろう。

黒丸は上目遣いに、年上の女をちらちらとながめた。

死んだ息子と同じぐらいの年だと彼女はいったが、ピンとこなかった。母親と比較しようにも記憶は遠すぎた。だが、この女が本当に自分の母親だったらうれしかったろう。

カレンの目鼻立ちは繊細でくっきりしていた。額がひいでて形がいい。ふわりとウェーブした肩までの髪には白髪がまじっている。

黒丸はしばらく考えて、優雅という言葉を思いだした。この女は優雅だ。

そりゃあシワはあるし、今朝《けさ》抱いた女の油膜を張ったような肌とは比べものにはならないが……。そう考えた瞬間、空虚さが胸を刺した。あの女のことを考えるのはやめよう。目の前の女にも利点がある。こっちの女のほうが体重が軽い。骨張って華奢《きゃしゃ》な身体をした年上の女は、上になっても凧《たこ》のように軽いだろう。抱きあげてその軽さを確かめたくなった。

「わたしが生きていた証拠は、なにも残らないってこと？　そうやって消えるってこと？」

「だから知らないんだ。おれは賃貸部門だから。占有者がいて貸しだせない物件があったときは、本部に連絡する。だれかが送られてきて、一週間後にはその部屋は貸しだせるようになってる。それだけだ」

つい昨日、死体を運びだすために、カレンの体格を突きとめようとしたことを思いだした。今日は生きたまま外にでてほしかった。

「わたしに与えられた猶予は、一週間？」

「もっと短いかもしれない」

怒りだす、と思ったが、彼女は微笑《ほほえ》んだ。だが笑ったようにみえたのは、感情を抑えこもうとする習性からだと気がついた。目尻《めじり》からあふれだした涙が、引きつれた口のなかに流れこんだ。彼女は両手を口に押しあてて泣き声をこらえている。

「死んだほうがマシだと今思った？」

カレンは首をふって鼻をすすった。

「それは毎日。今考えたのは、死に方よ。部屋中血まみれにしても死んだほうがいい？　それとも飛び降り？　血を洗い流して終わりね。ガス爆発ぐらい？」

「ガスはきてない」

「予想済みなの。すごいのね、あなたたち」

カレンは身体を折り曲げ、ひざに顔を伏せて号泣した。黒丸は手をのばして背中の安全そうな部分をなでた。泣きながらしがみついてきた女に、肩を貸した。抱きつかれて、涙で濡れた相手の頬に自分の顔を押しあててヒザの上に抱えあげた。予想したとおり軽かった。軽くて、熱い。彼の肩にまわされた腕は細く、右手の指が彼のうなじに潜りこんでいる。嗚咽《おえつ》しながら、震える右の中指が肩の骨に触《ふ》れてくる感じがよかった。羽毛が触れるようなこそばい愉悦が、背骨にそって広がった。

彼女はしばらくすると泣きやんだ。黒丸はじっとしていた。今、動けば女は小鳥のように逃げるだろう。心臓の速い鼓動が衣服を通して伝わってきた。

こういう女に、どう切りだせばいいのか黒丸にはわからなかった。言葉はなにも浮かんでこない。向こうが先に口にした。

「今夜は泊まってくれない？」

うん、といった。身体の芯《しん》はとうに熱くなっている。それから彼は思いだした。今朝はバスルームで性器を洗って済ませた。全身にほかの女の痕跡《こんせき》がのこっている。

「シャワーを浴びてもいいか？　おれは今、あんまり清潔じゃない」

「わたしもきれいにするから。でもあなたは大丈夫なの？　恋人がいるんじゃないの？」

「だれも」

彼は相手の鎖骨《さこつ》のくぼみに、唇を押しあてた。涙の味がする肌は温かくてすべすべしていた。

あのサンドイッチもほどよく塩気がきいて美味かった。熱っぽい手が、彼の頬をなでた。耳から頭のうしろに手を滑らせながら、カレンは彼の頭に唇をつけた。

「ありがとう。わたしじゃ申し訳ないけど」

「あんたはいい女だと思うよ」

涙で汚れた女の顔に、本物の微笑が浮かんだ。

・

カレンはなかなか濡れなかった。しばらく使わなかった機械のように、感覚をつないでいるどこかの部品が錆《さ》び付いて動かなくなっている。それでしばらく話をした。

寝袋に横になってカレンの夫の話を聞いた。写真や画像はなかったが、夫について話す彼女の声はいきいきとして、会ったことのない男の顔立ちや体格、人生までもが黒丸の脳裏にくっきりと像を結んだ。

カレンは、子どもを失ったあと長いあいだ立ち直れなかった、といった。夫と抱きあうこともできなかった。

「離婚することを考えながらひとりで映画をみにいったの。タンゴの映画よ。立体画像のオーディオとソフトを買って帰った。うちでふたりで踊って少しずつ回復したの。ダンスはしたことがある？」

「ない」

「教えてあげる」

そういったあとで、カレンはがらんとした部屋をみまわした。

「音楽がないのよね」

黒丸は自分の端末を取りだした。ナビゲーターのことをすっかり忘れていた。ナビゲーターは空気を読んで黙っていた。主任からのメッセージが一件。客からの問いあわせも入っていたが、とっくに他の契約社員が応答していた。主任のメッセージは進捗《しんちょく》状況に関するものだった。至急はついてないから、今夜中に返事をしても間に合うだろう。

カレンに音楽を選んでもらい、外部スピーカーをオンにした。

彼はジーンズをはき、カレンはドレスのようにみえるシルクのスリップを身につけて向かいあった。部屋は暗い。リビングの窓から街灯の光が差しこんで、彼女の肌を青白く照らしだした。

音楽が小さく鳴っている。

「あなたはきれいな身体をしてるのね。顔も。目はちょっと怖いけど」

カレンは胸を張って立っている。黒丸も無意識に背中をのばした。彼女は微笑んで頭をもたせかけた。「わたしなにしてるの」とつぶやいた。

「ダンス」

笑った息づかいが肌をくすぐった。両手の指がすっとてのひらに入ってきた。

互いの指を握りあわせて、かすかに流れる女性ボーカルにあわせて身体を揺らした。押しつけられたカレンの腰と太ももが、最初のステップへと黒丸の足をいざなった。ターンしてサイドステップ。揺れて回転して、移動する。音楽が彼のなかで鳴りはじめた。

世界が歌声とともに回って、暗がりと溶けあった。中心に彼女の微笑がある。かすかな光に照らされたカレンは美しかった。

裸足《はだし》の足裏に、床はどこまでもひんやりしていた。回転するたび、彼女のシルクの下着が冷ややかな波のように肌をなでた。カレンは黒丸の背にあわせてつま先立ちで踊っている。床を捉《とら》えている足の指は細いが強靭《きょうじん》そうで、五つの爪《つめ》がきれいに揃《そろ》っている。すんなりしたふくらはぎに力がこもって、筋肉に縦のラインが入った。回転するたび花のようにスリップの裾が開いて、太股《ふともも》があらわになった。

レースに縁取られたシルクの下着から、うっすらと黒い翳《かげ》りが透けた。空っぽの部屋から部屋へとふたりは踊りながら巡った。

黒丸は彼女の耳たぶの下に顔をうめて肌を味わい、鼓動を直に感じた。自分の鼓動が大きくうねり、熱い闇《やみ》のなかでひとつになるのがわかった。

・

医者は、本当にいいのか、と何度も確認した。黒丸がつれてきた女をみてとまどい、簡単な面接をしたあと、もっと面食らっていた。

「そりゃ顔も名前もでないが、えげつない仕事だぞ。あんな上品な奥様にできるのか」

「あの人は記録を残したいといってる」

医者の疲れた目が黒丸の顔を探った。

「おまえと?」

おれとだが、相手はおれじゃない。うまく説明する自信がなかったから黙っていた。

都和カレンはマンションを引き払って、黒丸が探した江古田のアパートに移った。そのアパートでふたりで暮らしている。引っ越しの費用は、黒丸の会社からでた報奨金をあてた。市ヶ谷田町のマンションから占有者を立ちのかせたことで、主任は彼を契約社員に引きあげる気になったようだ。カレンは光学技術者の高度な資格を持っていて、機材が揃えればいつでも仕事を再開できるといった。

彼女は夫しか知らない女だった。夫とふたりで得た方法を黒丸に教えた。一ヶ月ほどで彼はまあまあうまくできるようになった。彼女をいかせる自信がついた。自分のほうが同時に終わるのはまだ無理だったが。

医者はためらっている。

「とにかくテストしてみてくれ」

「テストったって、テストでいい値がでてもq波が収録できるとは限らないんだ」

黒丸は、自分がテストを受けたときのことを思いだした。

「女性のテストも、q波測定器を装着するだけなのか？」

「そうだ。性器装着センサーは高価なんだ。純金製だからな。女性用は壊れやすいから本番のテイクのときしか使わない。あんな年齢の女じゃスポンサーはうんといわないだろう」

黒丸は少し考えた。医者の話を聞いているうちに、思いだしたことがあった。部屋をみまわして、コンソールを指さした。

「おれは、あそこに入っているオーガズムのサンプルの女を知ってる、と思う」

医者は目をあげて、黒丸の指先と顔を見比べた。

「なにいってんだ」

「子どものとき、おれは緑陰大学病院に入院していた。定法哲がおれの担当医で。あいつが結婚する前だ。定法は、女の上司と寝てたんだ。親子ぐらい年が離れていて、子どものいる女だった」

子どものころ、彼は、担当医の定法を人の形をした機械だと思っていた。夜になると、ワイヤーを全身につけて真っ黒な女と絡みあっていたから。あれはデータ収録中の姿だったのだ。子どもだった自分には理解できなかった……。

話の途中から、医者の口がぽかんと開いた。

「信じられんが、本当だとしたらデータが欠けている理由に説明がつくな。当時は完全な測定装置がなかったから。ところで、おまえの病歴はなんだ？　定法は臨床はやってないはずだが」

「孤児をあつめた施設があったんだ。たぶんそういうものが。今はない」

孤児ばかりだったのかは自信がなかった。親のいる子も混じっていたから。

あやふやな孤児の施設の話を医者は信じなかった。とにかくカレンのテストをやってみようということになり、女性用のセンサーを装着して基本動作のシークエンスが収録された。サンプルとのマッチング率は上々だった。瞬間的には９０パーセントをこえた。

スタッフに召集がかけられ収録の日が決まった。

医者は首のうしろをかいている。サンプルの年齢が高かったことが、まだ信じられないようだ。

「五十近い経産婦とはね。ずいぶんアクティブな女だったんだろうよ」

「色気があった。触《さわ》られるとどきどきしたよ」

医者はドアの前で彼を待っているカレンに目をやり、小声でたずねた。

「彼女もか？」

「あの人は、死んだ夫を愛していて」

黒丸は、カレンの微笑に手をあげて応えた。荒廃した室内にたつカレンは、不安げでかぼそくみえた。

「今でも愛してるんだ」

・

受信機に囲まれた収録室の狭い空間は、鳥肌がたつほど寒かった。耳鳴りがした。

圧力感知マットに横たわるカレンは、磁性ペイントにおおわれて暗い藍色に輝いていた。ペイントに混じった金の粒子が銀河のようだ。肢体は川のように流れて、平たい乳房にのった乳首には、菌類めいたシリコンセンサーが取り付いている。金色の乳首、唇も金色だ。

カレンは、きちんと身体をのばして横たわり、凹《くぼ》んだ腹部に両手をのせていた。頭にはワイヤーのついたヘッドギア、両足のあいだの体毛はそりあげられて、金色の割れ目がのぞいている。金の花弁のような陰唇をみつけて彼は興奮した。カレンの金色が広がった。

彼女も興奮している。

黒丸のほうはセンサーはなにもつけてない。どう調整しても彼のq波は測定できないからだ。自由に彼女をみながら動ける。コントロールルームの監督がいった。

『はじめてくれ』

もうはじめている。

みて、目で、相手を味わう。傍らに横たわり左手を彼女の肩にまわして、右手をすべらせた。無数の計器のファンが一斉にまわりはじめた。風洞のなかにいるようだ。騒音のせいで、耳が使えなくなった。耳以外の知覚を総動員して、カレンに集中した。彼女の反応だけに。

息づかい、喉《のど》のふるえ、唇のひらき具合。指をそろえて、彼女の足裏のアーチに押しあてる。肌の凹《たど》みを探りながら、彼女の唇の周囲にキスを重ねた。

左手でうなじをなで、あごを辿り、右手を動かす。じらしながら、ゆっくりと押しあげてゆく。耳元でささやく言葉は、騒音のなかでは伝わらないだろう。だが、毎晩彼が口にした声を、彼女の脳は再現しているはずだ。

彼女と夫だけが知っている場所がある。そこにいくには前頭葉の皮質を燃やして、中脳辺縁系と脳幹上部のほとんどの領域を発火させなければ到達できない。薬品はなにも使わない。視覚もない。接触と体感、匂いとささやきがふたりの使ったツールだった。

彼女のおかげで、黒丸もそこがどんな場所かおぼろにわかるようになった。彼の知覚も彼女の興奮を受けて、発火するからだ。彼女が快感の階段をのぼってゆくあいだ、黒丸もその煌めきの内部に入ることができる。

指と唇を使い、体位をかえる。一度限界まで刺激された神経回路は、しばらく使い物にならない。刺激する部位を次々とかえて、信号を変化させる。彼女の集中力はすばらしく、一瞬も彼から離れることはない。彼だけに集中している。世界が滅んでたったふたりだけ、とでもいうように。

彼女の唇が動いた。冷却装置の騒音で聞こえなかったが、なにをいっているかはわかった。いっしょにきて、と彼女はささやいている。あなたもきて。

黒丸は、目が眩《くら》むような淵のそばに立っているのを感じた。自分の欲望をつなぎ止めている自己制御の小さな欠片《かけら》、それを投げ捨てたい衝動にかられた。捨ててしまえば、おれはこの中にまっしぐらに落ちていける。だが、その決心がつかなかった。自分を失うかわりに、もう一段上のピークに女を押しあげた。

・

二、三日して医者から連絡が入った。『とんでもなく売れている』といった。興奮している。
『ＤＬ数はみたか？　すごいぞ』

関心がなかった。収録のあと、ふたりとも気が抜けたようになっていた。カレンは身体の不調を訴えて寝ている。

「磁性ペイントって身体に悪影響があるのか？」

とたんに医者の歯切れが悪くなった。

『まあ、身体にいいってことはないから。彼女の具合はどうだ？』

「ペイントの含有成分はなんだ？」

ためらうような間があった。

『磁性体に、ＮＭＤＡ受容体拮抗薬《きっこう》が少量だ』

ナビゲーターが、ＮＭＤＡ受容体のリストを送ってきた。画面を一目みて、黒丸の背中が冷えた。

「ケタミン？　麻薬を使ったのか？」

『だから医者がスタンバイしてるんだ。いいか、ケタミンは肝臓で分解されるときに、ちょいと厄介で。くり返し使うと肝毒症になる。キネクスに若い俳優を使うのは、新陳代謝が活発だからってのもあるんだ』

リスクがあるから高給なのだ、と彼も気がついた。

『緑陰大学病院でみてもらえ。あそこは自由診療だから細かいことは聞かれない』

次の日、彼はカレンを築地の緑陰大学病院につれていった。

病院ビルの建ち並ぶブロックの手前で、彼は足をとめた。ナビゲーターが警報を発している。

「おれはここで待ってるから」

カレンは不思議そうに首をかしげたが、わかった、といって歩きだした。彼はビル前の植えこみの縁に腰をおろした。

緑陰大学病院の敷地内に入れば、皮下の認証チップが信号を送りはじめる。認証チップに、自己抑制の安全装置。ほかにも埋めこまれたデバイスがあるかもしれない。金ができたら、取りだそうと思っていた。そうすればおれは自由になれる。だが、そんな簡単なことではないと最近わかってきた……。自分を縛っているものは定法哲が身体に埋めこんだ電子機器ではない。ハードではなくソフトの部分にそれはある。心のほうに。

植えこみに腰かけてカレンを待ちながら、彼はいろんなことを考えた。他人をながめて、他人から自分がどうみえているかも考えた。少し前まで、オフィス街にくるのが苦痛だった。野良犬をみるような目でみられたから。だが、今日は居心地の悪さは感じない。すんなり街に溶けこんでいる。何時間ビルのまえに座りこんでも、ビルの守衛は彼をみもしない。

カレンのおかげで、彼の外見はみちがえるようになった。汚れた服はもう着ない。目立たない上質なコートと清潔なジーンズとブーツ。髪も切った。彼女と歩いていても、好奇の目を向けられることはない。普通の――、親子づれにみられる。ふたりが同じ笑い方をするから。

ゴミ溜《た》めには戻りたくなかった。

カレンは夕方近くになって病院からでてきた。黒丸が同じ場所に座っているのをみて、ほっとした表情になった。遅くなったのは、解毒治療を受けたからだといった。

「入院をすすめられた。でも見積もりをだされて、びっくりして。あの病院、高いのね」

「入院したほうがいい。金はあるから」

カレンの出演料はパーセンテージで契約した。毎日振りこみがある。節税対策をしなければ、来年莫大《ばくだい》な税金を払うハメになるだろう。

「うちにいたいの」

「いつまで一緒にいられるかわからないから?」

カレンはにっこり笑った。その笑顔の意味を読もうとして彼は集中した。カレンは顔をそむけ腕をとった。

「母親と恋人の両方をやるのは無理ね」

どんなちがいがあるのか彼にはわからない。年上の女に世話をやかれて、彼も期待されることをする。ゴミをだしたり風呂を洗ったり。黒丸は今までの自分を捨てた。彼女のためならなんでもできる。

二ヶ月ほど仕事を休んで、カレンに付き添った。少しずつカレンの顔色はよくなり、食欲がもどってきた。七月になったら旅行にいこうと彼女がいった。どこかきれいな海のそばのコテージ。黒丸には約束そのものが夢のように思えた。

医者からまたメッセージがきた。医者はカレンの容態についてたずねた。カレンは週に一度病院に通って、解毒治療を受けている。そう話すと医者はため息をついた。

『じゃあもう一本てのは無理か』

「不可能だ。肝炎で去年入院した」

『わかった。上の連中に伝えとく』

これでこの件は終わった、そう思った。

カレンが出歩けるようになると、黒丸は仕事を再開した。契約が変わって支店に配属になった。定時に出勤して、毎日ほぼ同じ時刻に帰る。支店から物件に出向いて、部屋の明けわたしと契約の段階を受けもつ。汚れ仕事はもうしない。

楽だが、ちょっと窮屈だ。

金曜日は午前中二件、午後は二件の部屋の明けわたしに立ちあった。部屋の汚れをチェックしていたとき、メッセージが入った。心当たりのない発信者だった。

客のカードキーを受けとって、受領証明書をわたした。舗道でメッセージを聞いた。監督のマキタの顔が画面にでた。

『ニキからアドレスを教えてもらった。彼女をこれから収録するっていってるんだが、大丈夫なのか？』

ニキ。だれだろう、と一瞬考えた。女優だ。部屋にこないかと誘った女。

「収録ってなんの話？　ニキのことか？」

マキタの声は小さかった。

『ちがう。おまえがつれてきた奥さんだよ。カレンさん。今からだ』

マキタは、鐘ヶ淵の桟橋にとめたボートの前で待っていた。黒丸が近づいても、だれだかわからないようだった。目の前までいってようやく彼を認めた。

「驚いたな。まるで別人だ」

全身をながめたあと、マキタは黒丸の険しい目に気がついた。逃げだそうとしたマキタのえり首を掴《つか》んで引きよせた。

「だれがカレンをつれてきた?」

「みたことのない男ふたりだ。昨日から徹夜でパッケージを作ってたんだ。急にナガノが今日収録するっていいだして。あいつらが、ボートで彼女をつれてきた。おまえも承知だとナガノはいうんだが……。男のほうのq波もとるっていうし、そんなこと、おまえが承諾するはずがないと思って」

「彼女の様子は?」

「意識がなかった。ぐったりしてた」

マキタは嘘をついてないとわかった。黒丸は手を離した。なぜ住所が突きとめられたのかと考えた。尾行された憶《おぼ》えはない。マキタは掴まれたところをなでている。

「おれは、あの収録をみたんだ。あれが特別なものだってことくらいわかるさ。代役は無理だ。ナガノをとめたら、あいつ、あの人にケタミンを注射しやがった。おれは手を引くよ。あんなの、ごめんだ」

「何人いる?」

「ナガノのほかに? おれがみたのは、ふたりだ。片方は銃を持ってた。もうひとりも持ってるかもしれん。飯を買ってくるっていって逃げてきた」

「ボートのキーを貸してくれ」

マキタはためらった。それから細められた黒丸の目の光に気づいて、あわててポケットからキーを取りだした。

「警察を呼んだほうがいい」

「あんたは帰れ。ここではだれにも会わなかった。キーはどこかで落とした。いいな?」

マキタは何度もうなずいた。つまずきながら桟橋を逃げていった。

・

定法哲は、子どもだった黒丸に『人を殺すな』と教えた。

ほかにもさまざまなことを。法律、襲われたときの対処法、人体の知識。襲いかかってきた相手を、払いのけるのはかまわない、だが相手が血を流ますでぶちのめしてはダメだ。殺すな。定法は、行動療法で衝動を制御する方法を黒丸に教えこんだ。外科手術をして脳にチップを埋めた。

そのチップのせいで、ほかの子どもを殴ったことはすぐにバレた。黒丸は慎重になった。やがて衝動を抑制したまま、他人を攻撃する方法をおぼえた。興奮しないよう自分をコントロールしながら戦えばいいのだ。そうすれば安全装置は外れない……。

廊下の天井の配管に足をからめてぶら下がった状態で、彼は男の首に両手を巻き付けて力をこめた。首の骨が折れる小さな音がした。体重を利用して、身をくねらせながら男の身体を配管の上に引きあげた。手足がだらりと天井から垂れさがった。

廊下の端にいた男の仲間が物音でふり返った。ぶらぶら動くものに気づいて、天井に目をやり絶句した。その一瞬、黒丸は床から腕をのばして睾丸《こうがん》を握りつぶした。悶絶《もんぜつ》した男を、引き倒して馬乗りになると頸動脈《けいどうみゃく》を押さえた。脈が消えるまで待ってから、銃を取って腰のうしろに差した。

これでふたり。三人めは階段からおりてくるところだった。仲間を呼びながらドアを蹴りあけて、銃を突きだした。ドアが死体に引っかかって止まると、男は廊下をのぞきこんだ。

黒丸は男の耳をつかんで下に引きおろした。勢いをつけて顔面を膝蹴《ひざげ》りした。鼻血を噴きだした男のあごの下に左手をあて跳ね上げ、右手で肩をつかんでねじるような力を加えた。頸骨《けいこつ》が折れる乾いた感触が伝わった。男が握った銃が発射されて、発射音が建物に響きわたった。

黒丸は男の指から銃を取って、階段をみあげた。吹き抜けに反響が抜けてゆく。足音は聞こえない。下層階は片づけたと判断して、彼はブーツを取りにいった。ブーツをはいて瓦礫《がれき》だらけの階段をのぼった。

『きみが人を殺したとわかったら、ぼくはきみを回収しなくちゃいけない』と定法哲はいった。しかし人を殺してはいけない理由は説明しなかった。適当な説明を思いつかなかったのかもしれないし、単にその時間がなかったのかもしれない。たぶん両方だろう。おそろしく多忙な男だったから。

定法が教えたもうひとつの制御のほうは、まだ有効だった。女を抱くときに、黒丸はたえず意識せずにはいられない。『きみのような子どもを増やすな』。遺伝子に欠陥のある彼の造精能力は低いが、それでも女を受胎させる可能性はある。彼は定法のいいつけを守ってきた。

最上階のコントロールルームに銃をぶら下げたまま入った。

ドアがひらく音で、コンソールの前に座っていた男はふり返った。ヘッドセットを外しながら、

「遅かったな」といった。

「ちょっとみててくれ……」

医者の右耳の上に銃口を押しあてて、黒丸はいった。

「両手はコンソールの上にだしておけ」

医者は目だけ動かして、彼をみあげた。一瞬、視線がそれた。

黒丸は入り口に銃口を向けながら連射した。一発が男の肩に当たって、銃が手から落ちた。目を撃って仕留めた。左手で掴んだ医者の喉がしゃっくりをするように大きく動いた。

モニターのなかでは、仰向けになったカレンを前に裸の男優が立ちつくしている。

「カレンの手当をしろ」

いったあとで、黒丸は医者の表情を読んだ。

「おまえじゃ間に合わないんだな？　緑陰大学病院のドクターへリを呼べ。屋上のへリポートまで」

マイクをオンにして、モニターのなかの男優に「女を運びだせ」と命じた。二度怒鳴ってようやく男優が動きだした。

医者の唇がふるえている。

「……おまえ、人の心が読めるのか？」

「予測できる。相手が行動に移すより早く」

彼の他人に対する反応の速さから、定法は随意記憶想起《オートキュー》をベースにしたANRSの原理を思いついたといった。彼のq波はだれよりも速い。

「あんたがおかしなことを考えたらシステムを吹き飛ばす。ドクターヘリを呼べ」

システムを破壊するという脅しは効《き》いた。医者は緑陰大学病院にドクターヘリを要請した。患者の性別、容態を告げながら、医者は黒丸の銃を盗みみた。銃口がシステムに向けられてないことを確かめている。スポンサーたちは、今日の収録のことを知らないのだ、と黒丸は察しをつけた。病院ビルに住みついたギャングと組んで小遣い稼ぎをするつもりだったにちがいない。だから他のスタッフを呼ばなかった……。

「おれの住所をどうやって知った？」

どのみちこいつは終わりだ。そう思ったとき、医者も同じ結論に至った。

「裁判所さ。都和カレンで検索したら訴訟がでてきた。納得したか？　おれも、おまえのq波が測定できなかった理由がわかったよ。おまえの脳は、通常の人間とはちがう処理をしてるんだ」

医者の目がぎらぎら輝いた。

「最初からおかしいと思ってたんだ。学校もろくにでてないチンピラが、どんな話題にも食いついてくる。女はみんな目の色をかえておまえのあとを追いかけまわす。女は異質な遺伝要素を持った男に惹きつけられるからな。定法の研究所でどんな実験を受けた？　ＩＱはいくつだ？」

裸の男優が、カレンを抱いて収録室からでてきた。銃を持った黒丸をみて凍りついた。「ソファにおろせ」と黒丸は指示した。男優はおずおずと裸のカレンをソファに寝かせた。彼女をみたとき、黒丸は間に合わなかったことを悟った。

「いっていいぞ」

そういってから男優の顔のまん中を撃った。裸の男が血をまき散らしながら後ろに倒れた。医者がなにかいいかけたが、最初の声を聞きとる前に黒丸は撃った。医者の左側頭部が吹っ飛んで腰がコンソールにぶつかり、床に崩れおちた。心臓に一発とどめをいれた。

黒丸はシステムの出力を最大まであげた。磁性ペイントの液体をコンソールにぶちまけた。裸のカレンを毛布でくるんで抱きあげると部屋をでた。

・

ボートが病院ビルから遠ざかるあいだ、彼は空を見張った。

定法の乗ったヘリがこちらに向かっている、とナビゲーターが告げたからだ。カレンが死んだと知ったとき、彼の安全装置《セーフティ》ははずれた。脳のなかのチップが活性化されて発信器のスイッチをいれた。定法のシステムに信号が送られた。発信はほんの数秒だが、居場所を特定するには充分だった。

定法はおれが生きていることを知った。おれを回収にくる。

ボートの舵《かじ》を取りながら、ふり返った。

病院ビルは、夕焼けのなかで巨大な黒煙をあげていた。煙には暗い色をした炎が混じっている。下の階にも燃えひろがって小さな爆発がつづけざまに起きた。消防車がサイレンを鳴らしながら川沿いの道を猛スピードで通過していった。

彼は次の川波をこえることだけを考えた。スピードを落とせ、と頭が指示をだしている。川波がまともにぶつかり、飛沫《しぶき》で全身が濡れそぼった。この速さで走りつづければ、転覆する。だが恐怖は感じなかった。なにも感じない。身体がちぎれるような痛みしかない。

カレンは船底に横たわって、溜まった川水に顔を浸している。

頬のペイントがはげて青白い素肌がまだらにのぞいていた。命の消えた身体だということは考えないようにした。だが黒丸の目は彼女をみずにはいられない。手も身体も、彼女を確かめたがっている。彼は片手をのばして毛布ごしに細い腰のカーブをなでた。温もりが感じられた。動いてくれと強く願った。

彼女の踊る姿が、永遠に消えない音色になって全身を駆けめぐった。控えめな笑い顔。あの日、カレンがドアをあけて笑いかけてくれたとき、どんなにうれしかったか思いだした。彼女がやさしさをくれることは、もうない。

前をみようとしたが、川面は暗すぎた。波がくだけて水飛沫が目の前に広がった。向かい風が、顔を流れる水気を吹き飛ばしてゆく。黒丸は河口にむかってボートを走らせた。ヘリの音が迫ってきた。

# 密室回路

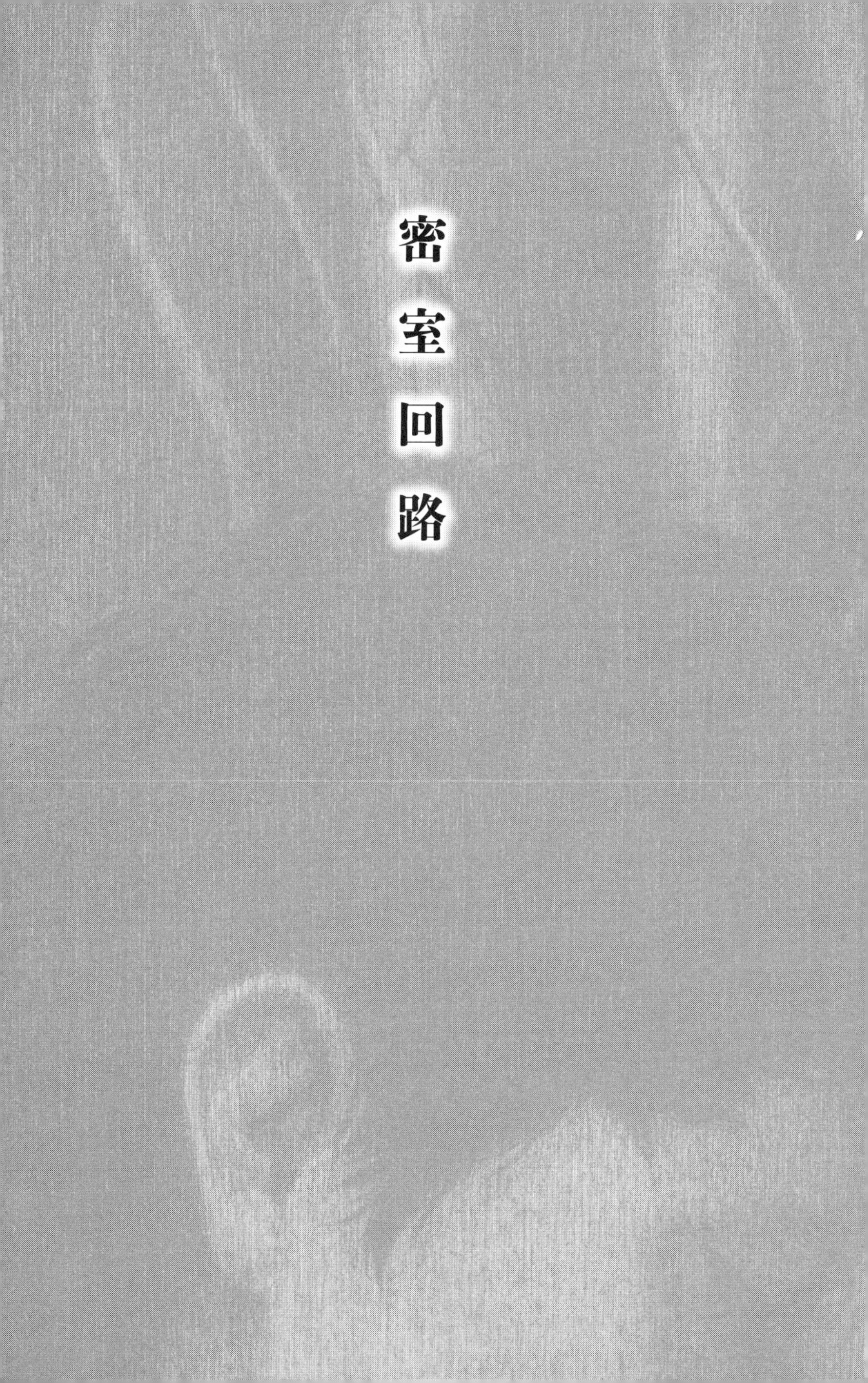

# □1　ファインズ

ガブリエル・J・ファインズは、本人の希望通りほぼ無一文の男として死んだ。

多国籍企業のオーナーだったころ、ファインズは自前のロケットで月へいって一週間暮らせるほどの大金持ちだった。自家用ロケットを実際に所有していて、欧州宇宙機関に貸しだしていた。だが、ファインズ自身がロケットに乗ったことはなかった。

ロボットメーカーのCEOだったとき、彼は多忙を理由に宇宙行きを避《さ》けていた。引退してありあまる金と時間を手にいれると、自分にはロケットの加速に耐えられる体力はない、と表明した。ほんとうは高いところが怖かったのだ。宇宙にはたいした興味はなく、ロケットが高価な玩具《おもちゃ》だから、持っていただけだった。彼の本質は玩具コレクターで、自分でも玩具を作るのが大好きだった。

脳の難病を発病したあとも、病床で趣味の玩具作りに励んだ。最終的には移植を拒否して、スイスに住む娘夫婦の家に転がりこんだ。

娘夫婦は、子ども部屋にする予定の予備の寝室を病室に作りかえた。何万人もの社員をしたがえた男は、無一文になっても石油王のようにわがままをいった。紙オムツの銘柄にこだわり、好物のストロベリーシェイクの味に文句をつけた。なめるだけで飲みこんではいけなかったのだが、ときどきズルをした。娘婿《むこ》が買ってきた玩具を改造するのが、楽しみだった。

一年間昏睡と覚醒のあいだを行き来したあと、ファインズは、チューリッヒの城塞《じょうさい》のようなマンションの一室で娘夫婦に見守られて息を引きとった。ベッドの真上には、ファインズが組み立てたステルス装甲されたドローンが浮かんでいた。

自分で作ったドローンを、ファインズは、守護天使《ガーディアン》と呼んでいた。

守護天使は、妖精のようにひそやかに家のなかを飛びまわった。自動ドアのセンサーを操《あやつ》って、家のあちこちに出入りした。勝手に充電し、娘の秘密を撮影した。揺れるカーテンやうなじに当たる風でそこにいることが知れたが、だれにも捕まえられなかった。

ドローンはファインズの臨終を撮影した。家族の愁嘆場、葬儀、弔問客の台詞《せりふ》、何もかも盗み撮りして、この世に存在しないファインズに送信しつづけた。

最後にドローンは娘夫婦が乗った車を追跡して、一族の霊廟《れいびょう》の入り口にぶつかったところを、娘の夫にキャッチされた。

「お役目ご苦労さま」

そういって、娘は小さなドローンのチップを抜いた。

「わたしには、もうボディガードは必要ないのよ、パパ」

ファインズは、心配性の父親だった。

一人娘を溺愛していて、娘が結婚するまでボディガードを張りつけた。妻を早く亡《な》くして再婚しなかったから、娘がたった一人の家族だった。娘が結婚したあと、親子は互いに干渉するのをやめたが、病気が末期になるとファインズの心配性がぶり返した。

「ベイビー、おまえは大丈夫だ」

ベッドのなかで、彼はくり返し娘に語りつづけた。

それが最期の言葉になった。

彼が娘に残したものは、引きだしの中のほんの少しの現金と請求書の束、東京の湾岸地域にある中古ビル一棟だけ。ビルは銀行の抵当に入っていた。

時価総額百億ドルともいわれた資産は、どこへ消えたのか？

メディアはしばらく騒いだが、家族や友人たちは、ファインズの気まぐれを知っていたから、まったく驚かなかった。

ともあれ訃報《ふほう》は世界に伝えられた。

『WANKO《ワンコ》の開発者のガブリエル・J・ファインズ氏が死去』

二〇二〇年代、彼がガーディアンズ社のCEOとして開発したロボットWANKOは、家電として一般家庭に普及したはじめての多機能型ロボットだった。二本のマニュピュレーターにセンサー、ぐるぐる回るボール状のタイヤと支持脚、後部には尻尾にしかみえないアンテナがついていた。

WANKOという名前は、ファインズの娘が子どもの頃に飼っていた犬に由来している。落ちつきのない駄犬で、芝生を掘り返し、カーペットの上で粗相《そそう》をした。犬の不始末を片付けるために、ファインズはロボットを作った。

子どもと高齢者をユーザーとして想定していたから、WANKOのユーザー・インターフェースは、とびきり物わかりがよかった。

ガーディアンズ社は、最初、WANKOを屋外作業ロボットとして売りだしたが、家庭用としての需要が伸びたことから、小型の屋内用を開発した。物覚えのいいWANKOは、爆発的に売れた。

キーフレーズは、「お願い、ミスター・ファインズ」だった。

その一言が隠しコマンドになっていて、そういって頼めば、WANKOは想定外の作業にチャレンジした。崩《くず》れた棚を修理したり、買い物にでかけたり、池に落ちた自転車を引きあげたりした。成功することもあったが、失敗も多かった。本来、庭仕事用に開発されたロボットだったから、細かい家事には不向きだった。お茶の給仕は、WANKOの禁止事項になっていた。

ユーザーは不器用なロボットをペットのように扱い、家事を仕込んだ。WANKOに宿題をやらせる子どもや、子守をさせる親が社会問題としてメディアに取りあげられた。

やがて、WANKOの製造販売権は、その他のライセンスとともに中国メーカーに売られて、ファインズはガーディアンズ社から離れた。スイスに本社を置くセレディス・セレコムズ社のCEOになった。

ファインズの手を離れても、WANKOは今でも販売されている。しかし、家電ではなく、庭用品のコーナーに置かれている。家庭用にはもっと進化したスマートで多彩なロボットが揃《そろ》っていて、時代遅れのWANKOが割りこむ余地はなかった。それでも農業用や土木作業用としてはまだ需要があった。

ファインズは日本と関わりを持っていたが、日本のメディアはそれについては報道しなかった。

# □2　西蓮寺《さいれんじ》ビル

ファインズが死亡した二ヶ月後、東京都品川区の小さなビルで、身元不明の男性二名の死体が発見された。

通報したのは、外資系の信託銀行の銀行員である。

ビル名は西蓮寺ビル、所有していたのはガブリエル・J・ファインズ。

ファインズは数年前、セキュリティ企業のセレディス・セレコムズのCEOを病気を理由に引退した。スイスで療養していると公表されたが、実際には東京で療養生活を送っていた。西蓮寺ビルただ一人の住人が、ファインズだった。

ファインズが娘夫婦の住むスイスに帰国したあと、ビルは無人になり、やがてファインズの死とともに相続手続きがはじまった。ビルの抵当権は外され、相続が完了するまで建物は信託銀行の管理下におかれることになった。

その日、信託銀行の担当者は、アシスタント、不動産鑑定士の三人で西蓮寺ビルをおとずれた。ユーロに住むファインズの遺族の依頼で、ビルの資産価値を査定にきたのだ。

担当者は、委託されたカードキーを使って、一階の入り口シャッターをあけた。ビルは一階から五階までが倉庫になっており、現在そこにはなにもない。

銀行員は、ファインズの弁護士から、以前はビルの倉庫に玩具のコレクションがぎっしり入っていた話を聞いていた。銀行員自身もフィギュアの密かなコレクターだったから、ファインズのコレクションをみるのを内心楽しみにしていた。

しかし、ビルはどの階も空っぽだった。故人はきれいに片付けてから帰国したらしい。生きているファインズと会いたかった、と銀行員は思った。ファインズと名刺交換ができたら、さぞ自慢できたろう。だが、ファインズは死んだ。

住居部分は六階にあった。

一行はエレベーターで六階にあがった。

担当者がカードキーを使って六階玄関のセキュリティを解除した。アシスタントがカードキーを持って、エレベーターホールに残った。キーを持った人間は、必ず外で待つように、前任者から申し送りされていたからである。

銀行員と不動産鑑定士は玄関から数歩入ったところで、異臭を感じた。

二人は異臭の元を確認することはしなかった。ただちに住居の外にでて、警察に連絡した。室内に入って死体を発見したのは、管轄《かんかつ》の警察官である。

「死体の確認は、お断りします」

銀行担当者は、捜査員にいった。

「わたしが当物件の担当者になりましたのは、十二時間前です。所有者に会ったこともありません」

そこでビルの管理会社の人間が呼ばれた。銀行担当者より役に立たなかった。

「うちも、この物件のことはまったくわかりません。セキュリティが厳重で、ネズミ一匹入れないと聞いておりました」

信託銀行の担当者の顔色が変わった。

「つまり、おたくはろくに見回りもしなかったということですか？　こんな状態になるまで？」

責任をなすりつけあう管理会社と信託銀行の担当者双方から、捜査員は事情を聞いた。

管理会社の仕事は、じつにお粗末《そまつ》なものだった。

西蓮寺ビルには、気密性の高い防護シャッターが備えつけられている。きわめつきに高度なセキュリティシステムも。ファインズが自前で設置したものである。

各階の窓は、消防法第十号規定に基づいた脱出用開口部だけで、それ以外に窓はない。換気用ルーフファンには頑丈な内ブタがつけられており、空調の電源が入ってないときは閉じている。ハトやネズミが侵入することはない。ほぼ完ぺきなセキュリティだ。

弱点は、各階にある脱出用開口部の窓で、ここには警備会社の防犯センサーが取りつけられていた。ところが、脱出用開口部の足場には、しばしばハトやカラスが飛来する。そのたび防犯センサーが反応するので、かなり以前にスイッチが切られていたことがわかった。管理会社の人為的ミスである。

死んだ男たちは、防犯センサーが切られた窓から、屋内に侵入していた。

おそらくは、隣のマンションビルの非常階段踊り場から、ロープを使って西蓮寺ビルの屋上へ侵入したのだろう。ビルの屋上に、複数の足跡と、侵入に使われたと思われるロープ、軍手などが残っていた。

男たちは屋上からロープを使って、六階の窓の外に取りつけられた足場におりた。六階の脱出用開口部の窓ガラスを割って、住居に押しいった。男たちが隣の部屋に足を踏み入れたとき、室内の防護シャッターが作動して、二人を室内に閉じこめた。

七月のはじめ、空調の止まった室内は、日中、五十度を越えたろう。二人はおそらく脱水症により死亡した。

司法解剖の結果、二人とも二十代後半から三十代前半の東アジア系と判明した。腐敗がはなはだしかったため死因の特定は不可能だった。

身長はそれぞれ一七二センチと、一八二センチ。どちらも中国製の衣類と靴を身につけ、実弾の入ったトカレフ二丁と、ナイフ、侵入用の大型カッターを所持していた。

行方不明者リストには、該当者はなかった。

警察は、強盗目的の不法侵入者として事件を処理した。


身元不明の男たちの死は、関東圏の地方ニュース欄で配信された。

『空きビルに閉じこめられて、二名死亡』

ビルオーナーが世界的な有名人だったことは伏《ふ》せられていた。

遺言執行者の信託銀行は、窓の破損を見逃したことを理由に、ビルの管理会社との契約を打ちきった。

かれらは、死体処理の特殊清掃が可能な不動産管理会社を探した。できるかぎり口のかたい会社を。

都内に、条件にあう会社が一社あった。その会社に、信託銀行は管理と清掃を委託した。シティサイジング社に。

一週間後、警察の鑑識作業が終了した。

シティサイジング社は、西蓮寺ビルの清掃に取りかかった。

## □3　黒丸《くろまる》

深夜のビルの階段踊り場で、業務用扇風機が、ごうっ、と音をたてている。

エアコンが止まってから半日、窓のない西蓮寺ビルの最上階には熱した空気がたまりつづけている。絶望と焦燥も。室温は四十度を越え、夜になってもさがる気配はない。生ぬるい空気に汗の臭気がこもって、シャツが肌にはりついた。

作業員たちは一様に無言だった。疲労のにじむ暗い顔で階段室のドアをあけて、風がくるのを待った。このクソまみれの現場を変えてくれるなにか。救いをもたらす一陣の風のようなニュースを。踊り場ごとに業務用扇風機を回していたが、効果はほとんどない。事態がよくなる見込みもなかった。一秒刻みに閉じこめられた仲間を救う見込みは減ってゆく。

息苦しい熱気のなかで、作業服を着たシステム部の社員が、ファインズ邸の解錠作業をつづけていた。

イベントが開けそうな広いホールは、業務用ライトに照らされ、高い天井の下のあたりには汗が蒸発して雲のようになった靄《もや》ができている。

システム部の作業員は五名ほど、あの手この手で、ファインズ邸の玄関をこじあけようとしたが、どうすることもできなかった。床には、コードが蛇のようにのたくり、バッテリー、大型のモデムや通信機器が、無駄な熱を発している。

「接続できる機器がないことには、どうにもならんね」

タオルを首にまいたシステム部の作業員が、腰をのばすために立ちあがった。

「スペアのキーは？」

「銀行にも弁護士にも問いあわせましたが、ないそうです。あとは遺族だけです」

失意のため息が、一同から漏れた。

「セレコムズの商品は、単品じゃあ中古市場にでないからねえ」

ファインズ邸の玄関は、黒っぽいシャッターで閉ざされていた。

幅二メートル、高さは三メートル。チラノファイバー特有の青黒い表面が、光を吸いこんでいる。

「買いだしのやつは？　全員もどったの？」

「いや、もう一人。北区の店で部品を探させてる。心当たりがあるから、遅れるといってた」

打つ手がなくなっても、全員が作業をしているふりをした。プレッシャーと不安で、じっとしていられないのだ。建物のなかには、仲間が一人閉じこめられている。救出が間に合わなければ死体が加算され、仕事をしくじることになる。

緊張が限界まで達したとき、ようやく買いだし要員の最後の一人が戻ってきた。零時を回っていた。

「遅くなりました」

買物袋をさげて階段からあがってきたのは、契約社員の若い男だった。

タンクトップに、ハーフパンツ、足はサンダル履《ば》きで、広い両肩に電器店のロゴいりの大きなショッピングバッグをさげて、背後にカートをひいている。若い顔は、汗と疲労で黒ずんでいた。

「モデムはみつかったか?」

白髪まじりの髪をした管理部の部長が、声をかけた。部長は作業衣の上を脱いで、ズボンに下着姿だ。その下着シャツも汗で薄汚れていた。

「それが、店がなくなってました」

全員が棒立ちになった。ホールの照明までもが翳《かげ》ったように感じられた。

「セレコムズ専門の中古ショップが閉店? どうして?」

「裏で故買屋をしていたようです。警察に摘発されて、在庫は没収されたとかで、店はからっぽになってました。自宅までいって、ガレージを家族にみせてもらいました。そこに残っていたものを、全部引き取ってきました」

ゴミばかりですけど、といいながら、男は、カートにくくりつけた箱のフタのテープを引きはいだ。箱をカートに縛りつけたまま、中身を床にぶちまけた。

ビニールパッケージされたケーブル、古いアダプタの先端が床に散らばった。システム部の社員たちが、部品に群《むら》がった。座りこんで、品番を確かめている。

一人が、ビニールパッケージされたカードの束を持ちあげた。

「これは?」

「更新切れのセレコムズのカードキーだそうです」

「窃盗《せっとう》用か?」

「刻印されている名前と顔写真で、富裕層の名簿を作ってたといってました。無理だと思いましたが、念のためもらってきました」

「上書き、できるか？」

「故買屋の入力機をゆずってもらいました。使えるかどうかはわかりませんが」

話があからさまな犯罪の領域に入りこむ前に、部長が割りこんだ。

「きみ、支店からの応援だったね。どこからきたの？」

「新宿支店の黒丸です」

部長は、黒丸の胸元にぶらさがった会社支給の端末をみた。社員ＩＤが読み取れた。黒丸寧《くろまるねい》。店頭業務をしている社員らしく、垢抜けた容姿をしている。黒のタンクトップとハーフパンツは、ほかの作業員らと変わらないが、整髪したての髪とすっきりしたうなじが妙に浮いてみえた。

黒丸も、上司の胸からぶら下がった端末の画面をみている。

「セレコムズの機器には詳しい？」

「いいえ」

「つながったぞ！」

システム部から、どよめきがあがった。

ホール全体が、いっとき活気づいた。

しかし、それもコード入力を要求されるまでだった。

「生体認証の三次元《ホログラム》コードだと？」

システム部の男がうめき声をあげた。ありあわせのコードを打ちこんだが、拒絶音がビーッと響く。

システム部は、黒丸が持ってきた中古のカードキーを使いはじめた。無効の音、警告音がつづけざまに鳴った。投げ捨てられたカードが床に舞う。

暗い失意がホールにもどってきた。

部長は棒立ちになっている。うなじを汗が流れくだっているが、顔からは血の気がひいている。

「登録IDの生体認証か。所有者の家族は国内にいないのか?」

「遺族は海外で、ファインズのプライベートは非公開です」

「前の管理会社はどうだ? 担当者は」

部下が首をふった。以前の管理会社には真っ先に問いあわせをして、ファインズ邸に入る方法がないことは確認済みだ。

「カドノ部長」

黒丸が小声でたずねた。

「タカギさんは?」

「あ、ああ、無事だ」

部長のカドノはしきりに汗をぬぐった。

「インターホンで話ができるからな。今は水風呂に浸かっているそうだ」

「ファインズ邸内はエアコンが止まっても、水はでるんですね?」

「でる。電気は遮断されているのに水道は生きてるんだ。インターホンも」

奇妙な家だ、と部長はつぶやき、二人は玄関を封鎖しているシャッターをながめた。黒々としたシャッターが、玄関を封鎖している。シャッターの横には、埋めこみ式のインターホンと生体認証装置。

今日の夕方、工程表を作るために、清掃主任のタカギと部下たちがファインズ邸内の測定をおこなった。主任のタカギは四十代のベテランで、精密機械の工場や大規模物件の除染作業をおもに手掛けている。技術に強く慎重で手抜きがないことから、ファインズ邸の除染作業をまかされた。

測定に先だって、タカギは予備調査で二度家のなかに入った。危険がないことを確認した上で、測定作業をはじめた。玄関を計測して、通路を通り、リビングに入ったところで、突然アラームが鳴りだした。二秒後、隔壁《かくへき》シャッターがおりはじめた。スタッフたちはかろうじて外に脱出できたが、タカギは間に合わなかった。住宅内部に閉じこめられた。

ファインズ邸のセキュリティは、解除したはずだった。

そのことは、全員が確認していた。だが、作業中にアラームが鳴ってセキュリティが作動した。理由はわからない。

もっとまずいことに玄関のカードキーを所持していたのが、タカギだった。

「シャッターを焼き切るのは？」

「いよいよとなったらやるしかないが……。手持ちのガスバーナーでは無理なんだな」

「こじあけられないいんですか？」

「単に無理なんだ。あのシャッターは軍用で、砲弾にも耐えられるそうだ。普通のガスバーナーじゃあ焼ききれない」

黒丸はファインズ邸のシャッターに近づいて、黒い表面をなでた。押してみたが、揺らぎもしない。

ファインズ邸の玄関シャッターは、軍用の特殊装甲で、市販のバーナーは役にたたない。「熱レーザーがいる」と部長はぼそぼそと喋った。

「あんなものを自宅の玄関に取りつけるとは、ガブリエル・J・ファインズはイカレてたんだ」

「なんのためにつけたんでしょうかね」

「さあテロ対策かもしれんな」

そういったあと、部長は思いだしたように「代金は?」とたずねた。黒丸は、レシートをみせ、店で立て替えた金額を清算してもらった。交通費として幾らか大目に受けとった。

会社支給の端末機から、受領書を部長の端末機に送った。それで用件は終わりだった。

黒丸は、部長に小声でささやいた。

「セレディス・セレコムズ社に救援を頼んではどうですか?」

部長は黙ったまま、奥歯を噛みしめている。いわれるまでもなく、考えていたのだ。だが、会社の幹部たちは聞き入れない。なるほど。

ホールを引きあげながら、黒丸は、ファインズ邸に入ったときのことを思いだした。作業用つなぎを着て、マスクをつけ、玄関を通った。

あのときは危険のことなど一切考えなかった。

ただ、おかしな家だ、と思った。

猛烈な腐乱臭は覚悟していた。事実、鼻を殴られるような悪臭がこもっていた。だが、驚いたのは臭気よりも間取りだった。

扉がないのに、見通しがきかない。

部屋と部屋が、迷路のように思いがけない角度で繋がりあって、各区間の出入り口の上にシャッターがついていた。家具はどれも安っぽいものだった。私物はない。盗むような価値のあるものは、なにもなかった。

こんな殺風景な家に、二人組の武装強盗が、なぜ押し入ったのか？

そもそもファインズは、なんのために頑丈な防犯システムを設置した？

「人を殺すためのトラップ屋敷だよ」

階段の上のほうで、だれかがいった。

「あくもんか」

・

あかないドアはない。

考えながら黒丸は、階段の踊り場に場所をみつけて、座りこんだ。

コンクリートの階段が、綿のようにやわらかく感じられ、疲れきった身体がとめどなく沈んでいった。セレコムズ社のケーブルや中古部品を探し求めて、めぐり歩いた店が脳裏に浮かんできた。最後にたどり着いた店の汚れたガレージ、敵意をむきだしにした顔が、暗い脳裏をかすめた。

北区の店は潰れていて、店主は警察で拘留中だった。店主の妻を、なかば脅すようにしてガレージに案内させた。殺気だった親族の男たちに押し包まれて、値段の交渉をした。

期限切れのカードを買ったのは、データの入力機がついていたからだ。違法品の。部長にはその代金はいえなかった。カートの底にいれたままだ。

業務用扇風機の風が、かすかに肌をなでてゆく。

休んだら始発で帰ろう。眠りたい。

――セレディス・セレコムズは難攻不落《なんこうふらく》。

使い古された言い回しが、耳元にささやきかける。

難攻不落ではない、と彼はつぶやいた。

ただ、手間と労力が引き合わないだけだ。高出力レーザーを持ってくればシャッターは焼ききることができる。だが、手間をかけて準備して、はたして間に合うのか？　タカギがそのとき生きているのかどうか、だれにもわからない。

壁ごしに熱が伝わってきた。

この時刻になっても、ビルの壁は熱をおびていた。建物の断熱性が高すぎるのだ。対ロケット砲のシャッター、窓のないホール。要塞顔負けのビル。ファインズは頭がおかしかった。たかが、中古のボロビルにこんな重装備。

もうじき夜があける。日がのぼれば、気温があがりはじめる。室内は、猛烈な暑さになるだろう。タカギが浸かっている水風呂が頭に浮かんだ。

黒丸はボトルの水を飲み、思いついてポケットからアルミ製の小さな缶を取りだした。フタをあけて固形オイルをひとすくい、手首の内側に塗《ぬ》った。背中をつけた壁ごしに、業務用エレベーターの昇降音が響く。

手首に鼻を押しつけると、雪の匂いがした。

うだるような熱気がこもるビルの階段で、彼は冬を思った。ウールセーターのにおいと香水。寄りかかってきた華奢《きゃしゃ》な肩……。

はかない幻影は一瞬のうちに消えていった。

・

「いいか、レスキューは呼ぶな」

ホールから、低い声が聞こえてきた。

お偉いさんが到着したのだ。部長とシステム部のスタッフを叱りつけている。

黒丸はもたれていた壁から身を起こした。

「……おります。ただ、タカギが……から……まして。そろそろ……かと」

「カドノ、会社の状況をわかってるのか」

そっと階段を這いあがり、壁に隠れながら、フロアをうかがった。

ホールの中央に、見慣れないスーツ姿の男たちがいた。黒っぽいスーツ、中央に私服。こちらに背をむける格好で頭を下げているのは、部長のカドノだ。

部長が頭を下げている相手は、部長の陰になって顔はみえないが、青いアロハをきている。痩《や》せ型で五十がらみ、滑舌《かつぜつ》がはっきりしていて声がよく響く。

面とむかって聞きたくない声だ。

「カードキーを持っているご遺族は、いつ日本にいらっしゃるんでしょうか?」

「来週だ」

「その、キーを先に送っていただくというのは……?」

「いってる意味がわからねえのか?」

部長は黙りこんだ。作業着の背中が汗で濡れて肌に張りつき、黒っぽくみえる。この距離でも、部長のひざが震えているのがわかった。

「セレディス・セレコムズに、応援をお願いできませんでしょうか。うちではここのドアあけは無理です……」

そのとき､視界にもうひとり入ってきた。大男だった。白いサマースーツの上下に、スキンヘッド。迫力満点だ。

歩きながら、スキンヘッドは、下っ端《ぱ》たちが隠れている階段室に視線を飛ばしてきた。

黒丸は、反射的に頭を引っ込めた。

スキンヘッドが、聞き取りにくい英語で喋っている。いや怒鳴っている。ダニエルを呼べ。今すぐここに。

階段からみえない位置で、だれかが反論した。

「この程度でCEOは呼べませんよ」

ドン――

重い音がした。足音と罵声《ば》が入り交じる。黒丸がホールに飛びだそうとしたとき、靴音とともに、スキンヘッドの男が階段室に入ってきた。黒丸はあわてて下の階段に引っこんだ。

スキンヘッドは、階段室に入ってくると、深呼吸をはじめた。フーッ、フーッ。

プロテクターをいれたような巨大な肩が、上下する。肌は薄めたコーヒー色、剃《そ》られた頭には太いタトゥがのたくっている。白いジャケットの縫《ぬ》い目は筋肉で弾け飛びそうだ。顔にはシワとも古い傷ともつかない深い線が、無数に刻まれていた。
二、三度、深呼吸をくり返すと、スキンヘッドの男は衿《えり》を直し、背中をのばした。階段の暗がりに隠れている雑魚《ざこ》の群れには眼もくれず、大股でホールにでていった。あとには、ねっとりとした濃い体臭が残された。

男の低い声がつづけた。

「お客がきたとき、死体が増えてるんじゃ笑い話にもならねえ。セレディス・セレコムズに応援を要請する。早くドアをあけて片づけろ」

「ありがとうございます」

黒丸は、ホールにでた。

部長が礼をいいながら、頭を下げている。

スーツをきた三十半ばの男が、エレベーターを呼んだ。髪が乱れてシャツの衿がスーツからはみだしていた。暴力をふるわれたのは、この男のようだ。男の顔は紅潮していたが、表情は醒《さ》めていた。暴力慣れしているらしい。つまり、うちの会社の関係者だ。

黒丸は、場の中心に目をうつした。

アロハシャツの痩せた男は、いたって平静だった。いたちのような抜け目なさそうな顔に、ぺらりと薄い身体の五十男だ。

着ているのは妙な光沢のあるアロハに、シルクの艶《つや》を持つ白のパンツ。ローファー。だれにも目もくれず、やってきたエレベーターに乗りこんだ。

若い男がエレベーターのドアをおさえ、最後にスキンヘッドの大男が乗りこんだ。

エレベーターのドアが閉じて三人の姿が消えると、ホールの空気が目にみえてゆるんだ。部長は閉じたエレベーターの扉に向かって、まだ頭を下げている。

黒丸は、清掃部門のスタッフのあいだに座った。パキスタン人の同僚が話しかけてきた。

「クロマルさん、さっきの人、社長さん？」

「いや」

社長の顔は、会社のホームページで拝める。地元の信用金庫を定年退職したあと、社長になった白髪の上品な紳士だ。

アロハシャツの男は、株主か社主《オーナー》か。会社の登記に名前はないだろう。

「会社の偉い人だ」

偉い人。それで通じた。

「なにがあったの？」

「白い服のＲＩＰが、プッシュした」

ＲＩＰ？

「顔の傷、爆弾《ボム》」

黒丸は、相手のすべすべした浅黒い顔をながめた。戦場へいった、と聞いて、ようやく意味が掴《つか》めた。傭兵《ＲＩＰ》。パキスタン人の同僚は、日本にくる前、母国で兵役についていた。戦地で傭兵を大勢みた。

傭兵あがりの大男が、事務屋の若い男を壁に突きとばした。アロハシャツの偉い人が一言いって、スキンヘッドは大人しくなった。

ということは、スキンヘッドは会社幹部のボディガードではないということか。あいつは客？それとも取引先？

パキスタン人は他にも気がかりなことがあるらしい。周囲をちらっとみた。

「わたしたち、帰っていい？　今日のお金、もらえる？」

かれらも、始発を待っていたのだ。

「日払い？」

パキスタン人はうなずいた。並んで座っている数人が、じっと耳を澄ませている。

黒丸は、数ヶ月前のことを思いだそうとした。契約社員になるまで、彼も日雇いだった。そのときの契約条項が、もう思いだせない。

「部長に聞いてくる」

そういって立ちあがった。

・

シティサイジング社は、会社名鑑によれば、アパートやマンション、貸しビルなどの不動産物件の賃貸や売買を仲介する不動産会社である。実際にそういう業務もおこなっている。表通りに支店をかまえて、賃貸物件や売買物件を仲介する不動産賃貸企業だ。株式非公開で、社員は公称二百人。都内に四つの支店がある。黒丸が今いる新宿支店は、数少ない表業務専門の支店のひとつだ。

しかし、会社の本当の収益源は、風俗店経営と貧困層対象の宿泊所、いわゆるシェアハウスだ。女と貧乏人を食い物にしている会社、というのが、黒丸の認識である。

西蓮寺ビルの管理の仕事を、シティサイジングが、どんなコネで受注したのかはわからない。有利な取引でなかったのは確かだ。

会社は、この契約のために渉外《しょうがい》専門の弁護士を雇った。国際事業部の正社員が張りつきで対応している。すでに受注額以上の経費がかかっている。投資だ、と支店長がいった。

西蓮寺ビルの元オーナーは世界的な有名人のファインズで、その遺言執行者であるM信託銀行は、シティサイジングからみれば、雲の上にいるような超一流の銀行だ。この仕事で、三流不動産会社の信用に金ぴかの箔《はく》がつく。経営陣はそう考えたにちがいない。

会社は、ふだん臨時雇いの清掃スタッフの身元を調査したりしないが、今回は念をいれて調べた。数人の経歴が架空のものとわかった。不法滞在のアルバイトたちは蜘蛛《くも》の子を散らすように姿をくらました。人事部は、穴埋めに支店から契約社員をかき集めた。黒丸も、カウンター業務を外されて西蓮寺ビルに送りこまれた。

悪臭のこもる室内を目の当たりにしたときは、スタッフ全員が度肝《どぎも》を抜かれた。

普通の住居ではなかった。

玄関のシャッターは、軍用装甲、壁と床は、高価なファインセラミックス製。部屋ごとに、隔壁シャッターと、特殊セラミックの防護カバー付きの非常用室内通話装置《インターホン》が設置されている。

内装のすごさに反して、家具はプラスチックの成形品で、傷だらけの安物だった。バスルームのトイレとバスタブは、納品時のビニールがかかったまま、使われた気配もなかった。

『実験のために作られた空間です』

クライアントの信託銀行から説明を受けて、みな納得した。

『この六階は、ガブリエル・J・ファインズ氏の実験室です。下の階には倉庫と駐車場、空《あ》きテナントなどがありますが、貸しだしは一切しておりません。ファインズ氏は、警備システムの分野では、世界シェア二位の企業セレディス・セレコムズの元CEOでした。数年前にビジネスから引退しましたが、亡くなる半年前まで、研究をつづけておられたそうです』

この六階フロアは、セレコムズ社の高感度センサーで埋まっている、らしい。らしいというのは、目視ではセンサーを確認できないからだ。

位置を知らせる見取り図のようなものはない。なにが取りつけられているのか知っていたのは、スイスで病死したファインズひとりだった。万一警備システムが作動した場合は、玄関のリーダーにカードキーを挿して解除する。遺言執行者である信託銀行の担当者は、そう説明した。

『カードキーを持った人は、必ず外にいてください』

信託銀行側も、おそらくはそれ以上のことは知らなかったのだろう。セキュリティの解除装置がついているカードリーダーがあるのは玄関扉の横、つまり住居の外だということに、シティサイジング側は気づいてなかった。それがわかったときには、手遅れだった。

国内にたった一枚しかないカードキーは、主任とともに室内に閉じこめられた。厚い防護シャッターのむこうに。

扉はあかない。

## □4　ガーディアンズ

社主は、約束どおり、セレディィス・セレコムズ社に応援を要請した。

セレディィス・セレコムズ社は、世界的な企業グループ、セレディィス・ホールディング傘下《さんか》のセキュリティ企業で、グループ企業と区別するため、単にセレコムズと呼ばれている。

日本支店は築地にあって、アジアではシンガポールについで大きい。

セレコムズ社は機材の準備ができしだい、人を寄こす、といった。

そこでシティサイジングは、ビル前にとめたトラックとバンを移動させて駐車スペースを作った。

黒丸は、ロビーで眠っているところを同僚に起こされた。

ぬるい明け方の空気のなか、ビルの前でトラックの到着を待った。

一階は駐車場と空き店舗で、上は空オフィスと倉庫。店舗にはどれも古ぼけたシャッターがおりている。

「ここ、もとは寺ね。檀家《だんか》が減っちゃって、ペット供養の霊園をやってた」

品川支店からきた同僚が、タオルで汗を拭いながら物件の由来を教えてくれた。

路面店のシャッターには、色あせた犬猫の絵が描いてあった。安物のシャッターがパタパタと風にあおられている。ペット葬祭サービス。なるほど。

「宗教法人の税制が変わっちゃったんで、寺をやめて貸しビルにしたけど、犬猫の墓地に、テナントがつくわけない。倒産して売りにだしたところを、ファインズが買ったのよ」

それでも、北品川駅から徒歩十五分、駐車場付きのこのビルが掘り出し物であることは全員が認めた。低層で敷地面積が広い。構造もしっかりしている。

オーナーのファインズは改装したときに、ビルの七階と六階部分をひとつのフロアにして、全体に耐震補強工事をおこなった。車の乗り入れが可能な大型の業務用エレベーターと、ファインズだけが使える地下ガレージから直通のエレベーターを取りつけた。

地下のガレージは、今は封鎖されている。初日にのぞいたスタッフによれば、リムジン用のターン装置が備え付けてあったという。

「リムジン用って、さすが富豪だな」

ファインズの話もでた。

「何年か日本にいたんだとさ。電気街に通ってたかも」

「電飾《でんしょく》車椅子の変なじいさんで有名だったよ」

同僚たちの視線が、黒丸に集まった。

「会ったこと、あるの?」

「ゲーセンで二、三度。ガブリエル・ファインズとは知らなかったけど」

仲間たちの質問に答えているうち、記憶がほどけてきた。

電飾ジイサン、と黒丸の仲間は呼んでいた。

老人は、電気街で一番下品なアニメロイドの店の店頭よりキッチュな車椅子に乗っていた。玩具や電飾でピカピカしていた。それに、動物の着ぐるみみたいなパジャマ、ゴジラのスリッパ、もじゃもじゃの白髪頭《しらが》に満面の笑顔で、いつも楽しそうだった。旧型の黒いロボット犬をつれ歩いていて、ときどきロボットに孫とみえる小さな男の子をのせていた。

黒丸は、老人に頼まれて、クレーンゲームの景品を取ってやったことがある。レアなぬいぐるみを掘りだして、取り出し口に落としてやると、老人は大喜びした。子どもと二人、店の音楽にあわせてダンスをはじめた。車椅子の電飾がリズミカルに輝き、老人の気分と同期していることを知った。真っ赤なヘッドセットは、どこにも売ってない特注品だった。黒い大きなロボット犬も首をまわして踊っていた。

その光景が、ずっと心に引っかかっていた。

ファインズの死亡記事を読んだとき、黒丸は、ファインズが何年か東京に滞在していたことを知った。では、あの老人がファインズ?

電飾車椅子とロボット犬の改造っぷりは、半端《はんぱ》ではなかった。玩具の部品を最新のガジェットに組みこんで機能させていた。ビルの機械部分も、最新鋭の業務用だ。

これだけのコジェネ発電設備を備えたビルは、めったにない。

「おれなら、ここを物流倉庫にするね」

「いや、工場だって」

ビルの使い道で、営業たちの意見が割れた。

「このあたり移民が多いだろ。マイクロ・ファクトリーとして賃貸すれば採算はあう。業務用エレベーターと耐震補強にコジェネ設備で、六億の価値はあるね」

本社の男は、平米辺りの単価と保証金額を弾きだしてみせた。若手が算出方法をたずね、研修もどきがはじまった。気がついたときにはすっかり明るくなっていた。

午前八時、駐車場に、銀色の大型トラックが入ってきた。

セレディス・セレコムズ社のトラックだ。

派遣されたエンジニアは四人、清潔なブルーの制服をきて、四十代から二十代まで人種はさまざま。白人の弁護士がついている。

いずれもパリッとして表情は冴えわたり、天から舞いおりた使徒《しと》のように、トラックからおりてきた。汗まみれで泥沼に漬《つ》かってあえいでいる社員たちは、月を仰ぐようにセレディス・セレコムズをみあげた。

守護天使《ガーディアンズ》の一団は、シートをかけた大型の機材を持ちこんだ。

ファインズの弁護士が、シティサイジング側の全員に六階からでるよう要求した。

黒丸は部長の指示で、説明のために残った。

セレコムズ社のスタッフは、黒い板をつないで機械の周囲を囲《かこ》っている。電磁波防御板《シールド》の外で、彼は保安担当者のチェックを受けた。

「職種は?」

セレコムズ社の保安担当者が眼鏡がわりに掛けたヘッドセットは、高価で軽いノンフレームタイプだ。白髪交じりの髪は短く刈られて、ヘッドセットごしの視線には隙がない。

「営業です。応援できました」

保安担当者は、黒丸のスキャンをはじめた。

黒丸は、汗でよれて埃だらけのタンクトップにハーフパンツで、サンダル履《ば》き。タオルを肩にかけている。胸もとには会社支給の端末。特殊清掃の作業中は防護服を着るから、男も女も全員この格好だ。

保安担当者は、黒丸の全身に目を走らせた。健康状態良好。手首、肩、胸元にタトゥなし。黒丸の警戒心の強さから、前歴があると踏んだようだ。検索項目の前歴欄にチェックをいれている。ビンゴ。

ふいに、保安担当者は、「暑くてかなわないな」といった。

相手の大きな笑いにつられて黒丸も笑った。相手の目が、彼の口もとを動いた。歯並びを注視している。最後に黒丸の左手の結婚指輪をみて、評価点をあげた。

「ピアスフォンを預からせてもらってもかまわないかな。機材に影響を与えるので。デバイス類はすべて」

黒丸は手をタオルでふいてから、耳たぶのピアスフォンの留《と》めネジを回して耳からはずした。会社支給の端末と一緒にわたした。入力グローブをはめた保安担当者の右手が、黒丸の端末のパネルをなでた。ロックを外さずに、端末の中身を読んでいる。

「レポートを書いたのはきみか」

「はい」

「ヘッドセットも」

保安担当者は、彼の耳のうしろのジャックに気づいている。黒丸は、ポケットから自分の安物のヘッドセットのケースを取りだした。フタを開いた状態で、相手のてのひらに載《の》せた。

また、保安担当者の親指が動いた。やや警戒する顔つきで、黒丸をチラリとみた。中身が読めなかったのだ。評価をもう一度かえた。

保安担当者は、金属探知器で黒丸の全身をなぞった。肩のあたりで、ブザーが鳴った。黒丸は、トップを脱いで古い手術跡をみせた。治療のため、身体の何カ所かに金属部品が埋まっている、と話した。

保安担当者は、黒丸のハーフパンツのポケットを叩いた。小さな缶をみつけた。

「これは?」

「アロマオイルです。作業中にマスクの内側に塗ります」

保安担当者は、フタをあけて匂いをかいだ。黒丸に缶を返した。

「いい趣味だ」

黒丸はシールドの外で、セレコムズ社のスタッフに、これまでの経緯を説明した。室内の画像をみせるために、自分のヘッドセットと会社用端末を返してもらった。

セレコムズ社のスタッフたちは、ヘッドセットをかけた。

彼は、手書きの間取り図をみせて、閉じこめられた社員が今、リビングのバスルームにいること、水風呂に浸かっていることを説明した。リーダーらしいエンジニアが「よかった」といった。

「なかの人に、流水状態を保つように伝えてくれ。それから、空気ポンプを一台。屋上のタンクの水に空気を送りこむ作業はそちらにお任せする」

黒丸は、防護シャッターに通気性がないことを教えられた。初耳だった。

「つまり通気口も閉じられてる?」

「そう聞いている。それからシャッターは耐火性能があって低出力のレーザーでは焼ききれないだろう」

「内部の空気は何時間ぐらい持ちますか?」

「リビングの酸素容量から計算すると、単純には十二時間。しかし水が流れていれば、水が二酸化炭素を吸収して、酸素を放出するから酸欠にはならない」

黒丸は、二人の男が死体でみつかった事件のことを思いだした。死体があったのは押し入れのような狭い部屋だった。

「ここで死んだ二名は、脱水で死んだんじゃなかったんですね?」

エンジニアのリーダーは一瞬黙った。ヘッドセットで検索している。

「死因は不明だ」

二人組の侵入犯が、助けを呼ぶ前に、かれらのいた小部屋の酸素がなくなった。意識を失い、死亡したのだろう。死因は酸欠だ。セレコムズ社はそれを公表しなかった……。

「ゲイブの自宅のシャッターは、防火、防水、防犯をかねている。最高級クラスの防護シャッターだ」

ファインズが、病気を理由にセレディス・セレコムズ社のCEOを退いたのは五年前だ。しかし、社員たちはまだ彼をゲイブと呼んでいる。

黒丸はたずねた。

「セキュリティは、解除済《ず》みでした。自分も確認しました。どうしてセンサーが作動したんでしょう?」

エンジニアは肩をすくめた。

「きみのところの社員が、侵入禁止エリアに入ったか、武器を持ってたか。とにかくファインズ邸のシステムは、まだ生きているということだ。全部屋の封鎖と同時にシステムが強制シャットダウン、その後電力の供給が途絶えるのは、研究所クラスのベースセキュリティだね」

「メインシステムのコアは、玄関のセキュリティボックスの中にあるんですか？」

「まさか。コアは、家の内部にあるはずだ」

エンジニアの一人は若かった。ベトナム系だろう。人なつっこい口元と陽気な大きな目をしている。黒丸に質問した。

「閉じこめられた人は、なにをしてたの？」

「タカギは、フロアの見取り図を作ってました。清掃ロボット用に。セキュリティシステムのコアがみつかれば、チェックするつもりで、カードを持ってました」

ロボットと聞いて、エンジニアたちは興味を示した。

黒丸は、会社の清掃時の動画をみせた。白い防護服をきたタカギが、レーザーガンで室内の計測をしている画像も。

セレコムズのスタッフたちは、ヘッドセットをかけて、三六〇度の仮想ウォールに並んだ画像をながめている。

「清掃作業はロボット中心で、人間はその補助をします。洗浄、ウォッシュアップが終わった部屋は、順次シートで密封して消毒します。正確な見取り図なしではロボットが動きません」

レーザーガンにセンサーが反応したのだろう、とセレコムズのリーダーがいった。

「改装時の設計図は？　役所に提出されてるはずだけど」

「施工会社が区の建設課に提出したものは、役に立ちませんでした。壁を取りはらって、電気と配管工事をしたときのワンルーム状態のものでしたから。前にここを担当していた警備会社に問い合わせましたが、そちらも、邸内の間取りと防犯システムのことはなにも知りませんでした」

黒丸は室内動画の画像を加工して、仮想ウォールに置いた。電磁波をだしている箇所をポイントした。

「オレンジ色の部分は、照明とスプリンクラー、送風口。壁の光点はタッチパネルと非常用のインターホンです。センサーを探しましたが、発見できませんでした」

室内センサーがみあたらないことに、セレコムズ社の連中も気がついたようだ。壁や天井、床の大部分は真っ暗で、配線部分だけが赤とオレンジ色に輝いている。

「床にあるポイントは？」

「排水口だと思います。手動では開きませんでした。おそらくスプリンクラーと連動して動くんでしょう。通風口や配管設備の図面から、かなり大きな部屋が北東の角にあることはわかってます。出入り口はみつかってません。タカギは、ほかにも死体があるかもしれないといってました」

全員が、黒丸の顔をみつめた。

黒丸は、主任のタカギが描いた手書きの間取り図を、仮想ウォールの中心に持ってきた。死体があった小部屋に×印がふたつ。玄関からは玄関ホール、リビングルーム、死体のあった小部屋、窓部屋の順に並んでいる。

タカギが今いるバスルームは、リビングルームに併設されたものだ。タカギは、玄関のシャッターには間に合わないと判断して、リビングに引き返した。

窓部屋の先は、パーティションと固定用金具が残された広い空間になっていた。なにかの実験に使ったスペースらしく、空っぽだった。

「六階の窓は、一箇所です。東側の――、侵入された窓です。他の階の窓は、すべて道路に面した西側にあります。おそらく無窓階だと、消防設備の法律にひっかかりますから、各階に一箇所だけ窓をつけたと思われます。奥の広い部屋に、何種類か、靴裏の模様のちがう靴跡が残ってました。ビルが無人のあいだ、何度も侵入されていた可能性があります」

「警察は捜査したんだろ?」

弁護士が、口をはさんだ。

「警察が調べたのは、死体があった部屋までだ。鑑識作業中に、シャッターが何度もおりる事故があってね。捜査員はびくびくしながら調べていたよ」

弁護士は、大げさに眉をつり上げて、目を回してみせた。

その情報も、シティサイジング側には届いてなかった。警察の鑑識作業中に防護シャッターがおりたと知っていたら、タカギはもっと用心しただろう。

黒丸は、部長に空気ポンプのことを伝えにいった。

六階にもどって作業を見守った。

弁護士が近づいてきた。青い目で黒丸を値踏みしている。その頭の大部分を占めているのは、今閉じこめられている作業員の生死ではなく、目の前の若い契約社員の性嗜好《しこう》についてのようだ。

黒丸の結婚指輪は、異性愛者の証明にはならないらしい。

弁護士は、ファインズとは学校時代からの友人だったと話した。家族ぐるみの付きあいをしていた。

黒丸はたずねた。

「ミスター・ファインズはどんな方でしたか?」

「魅力的な男だったよ」

黒丸はうなずいた。老人の玩具箱のようなカラフルな車椅子と、ファンキーな笑顔を思いだした。ファインズは店内音楽にあわせて、ご機嫌で子どもと踊っていた。

「子どものような好奇心と、思いやりにあふれたすばらしい人間だった。だれもが彼を好きになった」

「秋葉原で、ミスター・ファインズをみかけたことがあります。お孫さんと一緒でした」

「それは甥の家族だろう。彼に孫はいない。まだ」

保安担当者が、こちらをみた。弁護士は話題をかえた。

「セキュリティに興味があるのかね?」

弁護士の身体が、接近した。防臭剤よりきついコロンをつけている。

「たまにお客様の住居のカギあけをしますから。たとえば施錠した部屋でひとりで亡くなった場合など」

「ああ、わたしも経験したことがある。きつい仕事だ」

「ひとり暮らしの人は、たいてい玄関まわりに予備のキーを隠してます。身内が近場にいればその人に」

「ゲイブも、このホールに合い鍵を隠したと？」

弁護士は微笑んだ。ものを知らない不動産屋の若造に呆れながら、面白がっている。

「セキュリティをかけた人間がわかれば、解錠方法もわかるんじゃないかと思って」

保安担当者が近づいてきた。

「コーヒーを用意してくれないか。ポットで」

自分を追い払いたいのだ。

弁護士は、離れながら彼の手にネームカードをすべりこませた。

「転職したいなら相談にのるよ」

黒丸は、封鎖された四階に入りこんで、ポケットから私用の端末を取りだした。彼自身の端末だ。調べられたとき、手品のように、耳のうしろ、てのひらと隠し場所をかえて、みつからないようにした。

電波状況を調べたが、サーバーから漏れた信号はなかった。

・

ファインズのシステムは難攻不落だった。

数年前、黒丸は、ハッカー仲間とともにセレディス・セレコムズのセキュリティに挑んだ。半年かけてあらゆる手段を試したが、正規の認証と専用機器なしでは、接続も解読もできないとわかって諦めた。

だが、セレコムズのエンジニアたちも、カードキーなしでは解錠に何日もかかるはずだ。いずれスイスにいる故人の家族から、カードキーを借りることになる。そうなればシティサイジング側の失態が明らかになって、だれにとっても面白くない事態が起きるだろう。たとえば、部長が責任を取らされるとか？

端末が、ピッと短く鳴った。

端末のナビゲーターが、だれかが彼のヘッドセットをいじっていると知らせてきた。さっきの保安担当者が、彼のヘッドセットのロックを開こうとしている。黒丸は、相手のシステムの侵入を一部許した。入ってくればこちらも侵入できる。

保安担当者のメモリには、故人のデータが入っていた。ガブリエル・J・ファインズの経歴、病歴、血縁、家族の連絡先すべて。日本の住所もいくつか。

ファインズは、自分のプライバシーを公開しなかった。十五年前、彼の妻は誘拐されて殺害された。悲劇のあと、ファインズは極端な秘密主義者になった。引退後の画像は、セレコムズ社が追悼のために公表した数点の動画だけだ。

ファインズは若いころ、美青年として有名だった。

セレコムズ社がアイコンにしている守護天使の画像は、創業当時のファインズがモデルといわれている。黒い巻き毛をした、中性的な美貌を持つ守護天使。妻の葬儀のときのファインズのやせ細った悲痛な姿は、ファインズの紹介記事に必ず引用される。

そして晩年のファインズは肥満し、子どもみたいなパジャマをきて踊るデブの老人になった――。

黒丸は、ファインズの血縁関係をみていった。

いくつかの名前を発見した。フランス人のファインズが、東京でビルを買った理由がわかってきた。

彼の甥は医者だ。都内で病院を経営している。ファインズの主治医でもあった。

西蓮寺ビルからそう遠くない築地の緑陰大学病院の理事長を務めている。定法哲《じょうほうてつ》。ニューロンネットワークの世界一のシミュレーションモデルANRSを作った医療工学者だ。ファインズのJは、ミドルネームではなく、日本のファミリーネームだった。

黒丸は、近所の店からコーヒーの配膳マシンを借りた。ビル六階に運びあげて指示された場所に配膳台をおいた。

保安担当者がいった。

「きみ、帰っていいよ。こちらの用はないから」

黒丸は、電磁波防止袋に入った自分の所持品を受けとった。階段を三階までおりたとき、頭上で、わっ、と悲鳴があがった。

セレコムズの若いエンジニアが、転がるようにおりてきた。踊り場の手すりにしがみついて、胃の内容物をぶちまけた。

「ドア、あきました?」

吐きながら、エンジニアはうなずいた。黒丸がタオルを貸すと、ふるえる手で受けとって口をぬぐった。

「主任は?」

「おれは無事よ」

階段の上から、のんびりした声が応えた。

裸足のペタペタという音とともに、下着姿の太った男がおりてきた。つきでたビール腹に、丸いひげ面。

「いやあ、参った参った」

鼻歌まじりにタカギは踊り場にきた。端末を首にかけ、片手に汚れたバケツをぶら下げている。バケツには、作業着と長靴。

「今度ばかりは、一巻《いっかん》の終わりかと思っちゃったよ。部長は?」

「駐車場にいると思います」

満面の笑顔と悪臭を残して、タカギはおりていった。エンジニアは身体をふるわせてまた吐いた。トイレは、と聞かれて、黒丸は上を指した。

「使えるトイレは六階にしかない。顔を洗うなら、駐車場に水道がある」

エンジニアと一緒に黒丸もおりた。黒丸はトラックからバケツとモップを取りだし、踊り場に運びあげた。吐瀉物を片づけてから、掃除道具をトラックに戻して、ねぐらに帰った。

# □5　会議

七月、黒丸は、女と暮らしていた部屋を解約した。

荷物はトランクルームに預けた。落ちついたら処分するつもりだ。

住むところは探さなかった。

ウィークリー・マンションに数日いたあと、会社と契約している大家からの依頼で、蒲田《かまた》の物件に移った。

店子が逃げたプールバーで、泊まりこみの留守番が必要になったという話だった。店には高価なビリヤード台があって、重量があるため動かせない。彼は会社の帰りにウィークリーマンションに寄って、荷物を取ってきた。

蒲田の手前で電車をおりて、目の前の国道を渡った。どうということもない駅前の一車線の通りを歩いて、訪問介護センターの角をまがると、灰色のシャッターがおりていた。シャッターには、『貸し店舗　シティサイジング新宿支店』の貼り紙。

シャッターをあけると、閉め切られた家の熱気が顔を打った。

黒丸はシャッターをそのままにして、暗い店のなかに入った。

ビリヤード台は四台、白い布をかけられている。なにもかもが薄汚れた綿雪のような埃におおわれていた。左の壁にはキューのラック、カウンターには、古代の遺物のような酒瓶が並んでいる。流しには汚れたグラス。

　彼は店内を丹念に撮影した。不動産屋として当然の手順だ。ビリヤード台はとくに念入りに。バックヤードや、冷蔵庫の中身も撮った。

　厨房とバックヤードは薄暗く、ドブ臭さがこもっている。エアコンがききはじめて、やや涼しくなった。彼はシャッターを閉めにいった。

　照明は中途半端についた。ディスプレイやオーディオがなかった。トイレと洗面台はまともな状態だったから、ホッとした。

　寝る場所もソファもなかったが、彼はこの場所が気にいった。野良犬の住処《すみか》だ。

　店のバックヤードに空箱を並べて、ベッドをこしらえた。

　野生動物の巣のような狭苦しい寝床に、枕がわりのバックパックを置いた。寝転がって、低い天井をながめた。こんな寝床には慣れている。彼女に会う前はこういう間に合わせのベッドで眠っていた。地面で寝たこともある。

　話し相手がいない状態にも、慣れていた。ひとりのベッドも、すぐ慣れる。戻るだけだ。彼女に会う前の自分に。背中を丸めて横になり両脚を抱えた。

　寝つかれず、起きあがって街を歩きまわった。夜の街、川沿いの道。灰色の川に沿って走った。走りつづけた。

　息が切れて走れなくなり、ひざに手をおいて胃液を吐いた。休んでまた走りだした。

　止まりたくなかった。止まれば、彼の頭は考えはじめる。思い出が無限に蘇って、心を焼き焦がす。後悔には出口がない。ひたすら走った。橋をいくつか越えた。河口の大橋は、川霧にかすんでいた。

足を引きずるようにして、橋のなかばまできたとき、空の下のほうから灰色の鳥が飛びたった。空港だ。

空港で、朝焼けをながめた。始発の電車にのって部屋に帰った。

仕事をやめるつもりはない。やめる理由も、やめてまで探したいものもなかった。なにもないだれもいない。

夜は人混みを求めて町を歩きまわった。駅の西口で商売女に声をかけられたとき、彼はふり払わなかった。引っぱられるままホテルへいった。部屋では、相手の目をみることすらできなかった。金を払って帰った。仕事先の女に誘われたときは、迷いながら部屋についていった。彼は役立たずだった。

すこし前まで、どんな手順で女を抱いているか考えたこともなかった。身体が熱くなり、頭が一杯になり、視界が肌色のうねりで満たされる。波の音を説明するようなものだった。彼は女の海を泳げなくなった。いつ回復するのか見当がつかなかった。このままでいいと思いはじめていた。

・

タカギが開放された日の夜、黒丸は寝床に転がって弁護士に渡されたネームカードをひねくり回した。

なんの感情もわかない相手だった。だが、この男は自分にアクセスしたがっている。侵入を許せば彼も侵入できる。本当にそうだろうか？

ポン、と会社支給の端末が鳴った。

はじめてみる番号だった。黒丸は通話にでた。

若い声が、昼間会ったセレコムズのエンジニアだといった。タオルの礼をいわれた。

「わざわざどうも」

会話が途切れた。様子をうかがうような間があった。

『ゲイブの家のロックを解錠《かいじょう》したのは、きみ？』

「いや。なぜそんなことを聞く？」

『保安主任が、きみにアカウントをハックされたといってる』

彼は端末の画面をながめた。相手の背景は白い壁。まだ会社にいる。彼はベッドにうつぶせになった。

「セレコムズ社の暗号コードが、おれに解けるわけがない」

『それが不思議で、連絡した。準備作業中に——、まだなにもしてなかったのに、突然、シャッターのボルトが抜けていって、目の前でひらいた。ログでは、三番目の名無しの登録者が、自分の生体認証でドアをあけたことになっている。玄関ドアに登録されているのは、ゲイブと彼のお嬢さんだけと聞いている。実際には四人の登録者がいた。きみは、四人のうちのひとりなの？』

四人と聞いて、彼は考えた。ファインズの家族は娘ひとりだけ。都内には甥の一家が住んでいる。三人めは甥だ。四人めは、甥の家族のだれか？

「ファインズの幽霊が帰ってきたとか？」

相手は笑わなかった。

「誤作動したんだろ」

『誤作動はありえない。あの生体認証コードはだれのもの？　生体認証のデータをセレコムズのスキャナーに送信するのだって、技術が必要だよ』

「おれは無関係だ」

相手はしばらく黙っていた。

『きみ、どうしてあんな会社で働いてるの？』

彼はなにもいわずに通話を切った。

・

西蓮寺ビルの六階で、主任のタカギがついに隠し部屋の入り口をみつけた。

玄関からもっとも遠い東北の角に出入り口があった。

隠し部屋のドアは、あかなかった。ふたたびセレコムズ社に連絡が取れられて、エンジニアたちが解錠のためにあらわれた。

セレコムズが調べた結果、ドアの開閉装置のチップが外されていることがわかった。チップはオリジナルで、適合する型のチップは、家のシステムには入ってなかった。つまりビルを取り壊すまで、隠し部屋のドアをあける方法はない、ということだ。

シティサイジングにできることは、なにもなかった。

清掃作業は終了して、黒丸は新宿支店のカウンター業務にもどった。

仕事中に上司に呼ばれた。

「西蓮寺ビルの物件で、紛失が起きたそうだ。ロボット一台と医療用マシンが行方不明になってる」

黒丸は、支店長の顔をみた。

「ロボットは、うちの備品ですか？」

清掃ロボットの数が、足りないということか？

「いや、紛失したというロボットは、ファインズの私物だそうだ。遺言執行者のM信託銀行が、あの家にあったはずだといってる。医療用マシンは病院からのレンタル品で、十億とかいう話だ」

十億ですか、と黒丸はくり返した。

地下の設備室は、営繕《えいぜん》担当者が調べた。コジェネの発電機と焼却炉、汚水処理装置や機械室の設備をひとつひとつチェックしたが、該当《がいとう》する機械はなかった。

ロボット一台と、十億の医療マシン一台が紛失。

「医療マシンは高さ二メートル、重さ二〇〇キロ以上だから見逃すはずがないな」

「六階には機械設備はひとつもありませんでした。ファインズは、病院から借りたマシンを返却せずに帰国したんですか？」

支店長は、プリントアウトした画像をデスクに広げた。歯医者の診療台そっくりの白いベッドと機械が映っている。

「あの隠し部屋に置きっぱなしになってるのかもしれんな。医療マシンは、壊れてるそうだ。『みつかったら返却してくれ』と病院はいっている。向こうが撤去《てっきょ》してくれるのなら、うちとしては助かる」

「機械とロボットを探せということですか？」

「そこがはっきりしない。紛失はこじつけで、要は、おまえを借りだしたい、ということらしい」

支店長は、黒丸を上から下までながめた。

「セレコムズがおまえを担当者に指名してきた。明日のミーティングに出席しろ」

デスクを離れようとしたとき、支店長に呼びとめられた。

「もっとマシなスーツでいけ」


翌日、黒丸は、北品川へむかった。

北品川駅から炎天下の坂道を歩いた。ついたときは汗だくだった。

ビル前には、高級車がずらりと駐車している。地下ガレージの入り口周囲に、人だかりができていた。黒丸は、スキンヘッドの大男を、道路の反対側にみつけた。ひとりだ。

ネームカードをよこした弁護士は、セレディス関係者らしい身なりのいい一団と一緒にいた。その場にいる全員が、だれかを待っているようにみえた。

しばらくして、黒塗りのリムジンがあらわれた。

ビルの直通エレベーター入り口は、六階と同じ頑強な防護シャッターがおりている。そのシャッターが音もなくあがって、リムジンがガレージに滑りこんだ。ターン装置の中央に停車した。

全員が出迎えに歩きだした。黒丸は人垣のうしろから、リムジンのスライドドアが開くのをながめた。地下ガレージから涼しい風が吹き付けてくる。今日はビルの上から下まで空調が効《き》いている。

リムジンから、赤いショートブーツと白いふくらはぎが流体のようにでてきて、ふわりと汚れた床におりたった。

彼は、赤いブーツのつま先と白いふくらはぎを目で追った。女がリムジンから降りて歩きだすまでの一連の動作は、重力を感じさせなかった。今も宙に浮かんでいるようにみえる。とびきり美しい女だった。波打つ長い褐色の髪、メリハリの効いた細身の身体、男の心臓を一瞥《べつ》で撃ち抜く黒い目。

女が、ガレージの出口をふり返った。だれかを探す目付きだ。視線は黒丸の上を通りすぎて、エレベーターにもどった。じき女の姿は、男たちに囲まれてみえなくなった。

「ファインズの娘は上玉だな。あんな女を抱ける亭主がうらやましいや」

日本語にふり向いた。頬のそげた痩《や》せた中年男の顔を認めて、頭をさげた。社主だ。

社主は黒丸をじろじろながめた。

「うちの社員か」

「新宿支店の黒丸です。六階で紛失があったという話で、呼ばれました」

「ああ、中国製のロボットが行方不明ってやつか。ファインズはセレコムズの社長になる前には、米軍の軍事開発の下請け会社をやってたんだ。どうりで、家中にネズミ獲りを仕掛けるわけだ」

社主が、どういう理由でこの場にいるのか気になった。

「おまえ、前歴《まえ》は?」

あると決めてかかっている。この会社なら当然だが。

「少年院に二年です」

「罪状は？」

「傷害です」

罪状以外は事実だ。社主はうなずいた。

「終わったら事務所に報告にこい」

社主は、車に乗りこんだ。目立たない白の普通車だ。手下らしい男たちが、運転席と助手席にすっと入った。トラブルのときにいた男も混じっている。

堅い勤め人のなりをしているが、男たちは鋼《はがね》のような緊張感をおびていた。隙《すき》のない動きで車に乗りこむ仕草が、ありふれた街角の風景を異質なものに変えていた。

黒丸は、走りだした車を見送った。車内に四人。スキンヘッドの大男はいない。あの男は、社主の部下ではないということか。

セレコムズ社のエンジニアたちは、六階で待っていた。

ファインズ邸内部は、国際事業部の社員の手で整えられて、モデルルームのようだった。だが、客たちはエレベーターホールにとどまっている。

黒丸は、玄関のクロゼットから誘導用のロープと、ポールを取りだした。

玄関の取手にオレンジ色のロープを引っかけ、ロープを引きながら、セラミックスの、つるりとした廊下とリビングの中央を通って誘導路を作った。スーツ姿の男女がぞろぞろついてきた。ファインズの娘は、列の中程にいる。彼女の優美な顔に、視線が何度も縫《ぬ》いとめられそうになった。

黒丸は、死体があった小部屋を無言で通りすぎた。次の部屋にはいると、非常用の窓をさして、「ここが脱出用出口です」と英語で説明して、最後のポールを立てた。ロープの端《はし》をとめた。窓が二人組の侵入口であることはいわなかった。

突きあたりの壁の前で止まった。その壁が隠し部屋のドアになっている。

「この壁が、隠し部屋のドアになっております」

車椅子用の低い位置に、非常用インターホンと非常用ボタンが埋めこまれている。その下に、壁と見分けがつかない生体認証パネルがあった。

「隠し部屋のドアの開閉装置は、作動しません」

保険会社の人間が、彼に質問した。ドアの仕組みとキーの所在について。

答えていたとき、小さなざわめきとともに、人垣が左右に分かれた。黒いドレスのファインズの娘が前にでてきた。黒丸の目の前で身をかがめて、低い位置にあるパネルに、てのひらを押しあてた。

なにも起きなかった。

彼女は軽く頭をふって、黒丸の隣にきた。甘い香りとドレスのふんわりした生地《きじ》が彼のひざに触れた。蜂蜜《はちみつ》とバラ。楽園の香りがする女。

黒丸は、狭い部屋に集まった顔ぶれをながめた。入りきらず隣の部屋まで一杯になっている。国連の会議のように、人種はさまざまだ。スキンヘッドの大男は見当たらない。人々の話し声から、実際にここで国際会議が開かれていることに気がついた。

ファインズ財団の管財人が、建物の改装費を報告した。端末を使って壁に財務表を映しだした。管財人が端末を使っているのをみて、黒丸は驚いたが、すぐ窓の存在を思いだした。この部屋は電波が届くのだ。

かれらは、ファインズが一部屋だけを封鎖した意図について話しあっている。ロボットはこのなかにあるのか？　ロボットが危険ということか？　彼はなにを研究していた？　なぜファインズは、自分の財団かセレディス・セレコムズ社にロボットを保管しなかったのか？

黒丸は、ファインズの公開されたプロフィールにアクセスした。

ファインズの経歴は、大学の人工知能研究者としてはじまった。彼の研究グループが開発した認知システムが、米軍の偵察用小型ロボット《スパイ・アイ》に採用されたのだ。ファインズは共同研究していた仲間数人で会社を立ちあげた。

それがファインズの最初の会社、ガーディアンズ社である。

ガーディアンズ社の設立資金は、全額ファインズがだした。彼が経営責任者で、ガーディアンズ社の株の七〇パーセントを所有していた。

妻と知りあったのも、軍の仕事がきっかけだった。妻は米軍側の担当将校だったのだ。軍人家系の出身で、陸軍士官学校卒。父親は陸軍の将軍だった。ファインズの妻は入隊後にＭＩＴに送られて情報工学を学んだ。生え抜きの技術将校だった。

結婚して十年後、悲劇が起きた。

南アフリカで、妻子が誘拐されて妻が殺害されたのだ。娘は助かった。失意のファインズは、ガーディアンズ社の経営権を手放した。その年のうちに、セキュリティ専門のセレディス・セレコムズ社の雇われ経営責任者になった。

ファインズが経営者になって以降、セレコムズ社は、業績をのばした。今や時価評価額はかつての五百倍に達する。株価が最高額をつけた五年前、ファインズは病気を理由に引退した。所有する株をファインズ財団に移して、日本で中古ビルを買った。

ファインズの治療を担当したのは甥《おい》だったが、治療はうまくいかなかった。ファインズは娘夫婦のいるスイスに移って、遺言状から甥の名前を削《けず》った。

黒丸の前にいる男女も、ファインズの甥のことが気にかかるようだ。小声のドイツ語の会話に何度か定法の名がでた。

「定法哲《じょうほうてつ》は、こないのか?」

「欠席だと伝えてきた」

黒丸の隣で、ファインズの娘がふっと息を吐《は》いた。安堵の息づかいだ。

セレコムズ社のエンジニアと財団の代表が、ドアを破壊する方法について議論をはじめた。かれらは前日、機械を持ちこんでドアの破壊を試した。ドアの表面に小さなひっかき傷がついている。

「外壁も同じだった。金庫室みたいなものなんだ。この部屋は」

ファインズの娘は、長い黒いまつげを細めてタッチパネルをみつめている。波打つ髪は、赤褐色と黒と金の筋がまじりあって豪華だった。日ざしを浴びれば炎のように輝くにちがいない。

「今すぐここをあける方法はないの?」

彼女の英語は、音楽のように聞こえた。フランス語のアクセントが混じる、澄《す》んだ声。声まで光輝いている。

セレコムズ社のエンジニアたちは、首をふった。狭い部屋の息苦しさに閉口して、人々はもどりはじめた。リビングルームで話しあうのだろう。

若いエンジニアが、黒丸と目をあわせて笑いかけた。黒丸は彼の名前を思いだした。ウェイだ。

「きみ、どう思う？　ここはあくと思う？」

黒丸は出入り口をみた。ファインズの娘は、部屋の出口で人の流れが動きだすのを待っている。近くにいるのはエンジニアたちだけだ。彼は日本語で答えた。

「思う」

「どうして？」

「ファインズの部屋だから」

たちまち背後に甘い香りが寄り添った。優雅なアクセントの日本語が、「あけられるの？」とたずねた。

彼はファインズの娘をみおろした。彼女にたずねた。

「さっきあんたは、『今すぐ』といった。あれは、『今はあかないが、時間がたてば開《ひら》く』という意味じゃないか？」

女の輝く双眸が、黒丸の目を射抜いた。眉間が焼かれるようだ。よく似た目をした男を昔知っていた。子どもの彼の心を捕らえて、野生動物を馴《な》らすように調教した男。頰に血がのぼるのを感じた。

「父は四年間、ビルを維持しておくように言いのこしたの」

「なぜ四年も？」

女は、彼の顔をじっとみている。

「たぶん特許期間と関係があるのだと思う。父が昔、中国企業に売ったロボットの包括特許が四年後に切れる。それを待て、ということかもしれない」

「じゃあ四年待てばいい」

「待てない」

黒丸は、自分の端末を取りだした。ファインズの娘に、ロボットの特許が有効になった日付をたずねた。その場で書いて、端末を隠し部屋のパネルに向けた。反応がなかった。娘の誕生日を聞いて、再入力した。

こんどは反応があった。

壁の左端に、黒い線があらわれた。なめらかに隙間が開《ひら》いていった。人ひとりが通れる、と思った瞬間、扉は停止して、シュッと元にもどった。ドアが壁にかわった。

あっけにとられていたエンジニアのひとりが、つぶやいた。

「電波時計だな？　四年後にした？」

「ほかの階の非常用窓はすべて西側です。六階だけ、東側に窓があるのが不思議でした」

電波時計の一番近い送信局は水戸《みと》だから、東に窓を作ったのだろう。

「偽の電波時計の通信を送って、システムをだました。おれの端末じゃ、あけたままにしておくほど出力がでない」

黒丸は、端末をポケットにしまった。ファインズの娘は棒立ちになっている。

「出入りできるのね？」

「出力の高い電波発信機を使えば、たぶん」

隠し部屋外の開閉装置からは、チップが外されている。解錠コードは入力できない。しかし四年たてばひらく。その間、電源を落とした状態にしても、特定の日以降に電源が入れば、ひらく仕掛けになっているにちがいない。娘にあけてもらうためにファインズはこの部屋を作った。彼が指摘しなくても、彼女もいずれ気づいたろう。

「なんだタイマー式か」

エンジニアたちは悔《くや》しそうだ。

遺言の内容がわかった上で現場をみれば、だれでも解《と》ける謎だ。だが、遺言状の内容がわからなければ解けない。ファインズの娘から、どうやってその情報を引っぱりだすかがポイントなのだが、そのことは口にしなかった。彼女は、他にもたくさんの秘密を抱えているようにみえた。

開閉装置をどこで調達するか、という話がはじまったところで、彼はビルをでた。

帰る途中で池袋に寄って、社主の事務所に顔をだした。社主は不在だったから、海外担当の幹部に、会議内容の報告をした。

駅のホームで報告書を書いていたとき、ウェイから連絡がきた。

『ドアがあいたよ』

「ロボットはみつかった?」

エンジニアの声は沈んでいた。

『その件だけど、もう一度、手伝ってもらえない?』

「だれか閉じこめられた?」

『いや、そうじゃなくて。隠し部屋のなかに本物の金庫があった。特大の。そのドアがあかない』

## □6 千のピンク

集金先にむかう前に、黒丸は着替えのためにねぐらに寄った。

店の裏口から入って、洗濯機の前で仕事着を脱いだ。汗まみれのシャツを洗濯機に放りこんで、シャワー用のホースを蛇口に差しこんだ。

シャワーは、自分で取りつけた。ありあわせのカーテンレールにフック。防水板。洗濯機横の狭い空間が、彼のシャワールームだ。

湯はでないから、冬になる前になにか考えなければ。それとも、ここからでていく？ 転職とか？

ノズルからチョロチョロとでてきた水は、暑さで湯になっていた。うなじを洗い流し、泡だちのわるい石けんで髪と身体を洗った。石けんで汚れた水が、洗濯機用の排水口に流れてゆく。

ぼんやりと今日の会話を思い返した。建物の外で、社主と会話した。少年院にいたのは二年半だ。出院してから、三年たつ……。

ふと、保護観察期間のことを思いだした。

水をとめると、タオルで身体をふきながら、シャワーをでた。腰にタオルをまきつけてベッドにむかった。

枕がわりのバックパックを持ちあげ、中身をシーツの上にあけた。二重底のあいだに封筒が入っている。判決謄本《とうほん》のコピーを抜きだした。

灯りをつけ、ベッドに腰かけて、法律文書のコピーを読んだ。保護観察期間あけの通知はありません、という文章にアンダーラインが引いてあった。つまり自分で確認しろということだ。

保護観察期間は、先月終了していた。

その日がくるのを指折り待っていたのに、気づきもしなかった。

——自由か。

彼はその単語を口のなかで転がしてみた。石ころのように埃っぽい味がして、呑みこむのに骨が折れそうだった。

何ヶ月か前まで、この日がくるのを待ち焦《こ》がれていた。

保護期間中は、移動制限があるため、働ける場所が極端に限られる。ドライバーの求人はあっても移動制限のせいで応募できず、システムオペレーターの資格は、前歴のせいで門前払いになった。結局、日雇いになるしかなかった。

契約社員になれたのは、妻のおかげだった。彼女が保証人になったことで、なにもかもうまく運んだ。部屋を借りて、契約社員になり、楽な部署に移った。保護観察期間中だということすら忘れていた。満ちたりていたから。鎖《くさり》が外れたことにも気づかなかった犬。

彼は、バックパックの中身を元通り詰めなおした。

青いＩＤカードがでてきた。

ＩＤカードを指にはさんで、照明にかざした。

ホログラフの認証コードがきらきらと虹色に輝いた。

このカードは、病院にいたころ作った。正確には作られたのだ。七年前、いや八年前だ。病院のセキュリティ管理は厳重だったから、入院患者は全員、健康保険証をかねたＩＤカードを持つ決まりになっていた。彼は、区役所の二階の厚生労働省ブースで、生体情報を採取され、データバンクに登録された。

カードのホログラフの部分には、そのとき採取された両方の手首の静脈紋と、血液型などのデータ、彼のＩＤ、名前、本籍地と生年月日が入っている。

八年間、生体認証が必要とされる場面はほとんどなかった。たいていはＩＤナンバーを書けば事足りた。だが、一度、銀行口座を開くために使ったとき、静脈紋でエラーがでた。もう一度試すと通った。あとで検索して、静脈紋が数年で変わることを知った。

生体認証登録は、指紋、虹彩、身体の二箇所の静脈紋の四つのなかの任意の二つを選んで厚生労働省に登録する。指紋は生涯変わらないが、静脈は数年で新しい血管ができてエラーをおこす。たいていは数年ごとに更新する。

――ＩＤを更新するか。

新しい仕事は海外で探すと決めていた。そのためにはパスポートと、犯罪歴のないＩＤが必要になる。

日雇いを二年つづけて支店のカウンターに這《は》いあがった。それで行き止まりだった。そこから上に繋《つな》がるハシゴはなかった。

だが、三年間、同じ会社で辛抱したおかげで、まともな職歴ができた……。

彼はクリーニングから戻ってきたシャツとスーツに着替えて、得意先にむかった。

・

キャバレー『千のピンク』は、靖国通り《やすくにどお》りに面した一等地に店を構えている。昭和に建てられた古いビルで、一階にはカウンターだけのレストランがある。カウンターは週末はいつも満席だ。バーの隣には更衣室があって、女性オンリーの表示が大きくでている。

一階のレストランは風営法をかわすためで、ほんとうの店内は、更衣室のドアのむこうにある。男を閉めだした更衣室の奥の劇場で、『千のピンク』は女性客のためのイベントや下着のファッションショーをおこなっている。

女性と性転換女性の店で、接客スタッフも全員女性。男は、出演者だけだ。

彼は『千のピンク』の従業員口から店に入った。

「時間通りだね」

店主のローズは、名前通り、バラ色の衣装につつまれていた。ケーキの飾りのようなピンクの帽子、紫がかった髪、ドレスはあわあわとした雲のように店主の太った身体の周囲をただよっている。彼は、入金ボードを店主にわたした。今週分の家賃を入金してもらい、領収書を送信した。

店主は、彼の全身をためすすがめつながめた。

「あんた、最近ずっと同じスーツだね。ほかの服はないの?」

「あるけど、女房が入院してて……。服の組みあわせがわからない」

店主は苦笑した。ふっくらした手で彼の肩をなでると、衿を直してくれた。

「あんたに会いたいってお客さんがきてるよ。護衛付きの上客。匿名席のブースに通しておいた。今日はワンステージで上がっていいよ」

店の様子はウェブで配信されている。彼のステージは映らない。映すほどの価値はないからだ。だが、たまに物好きな客のテーブルに呼ばれることもある。

彼は楽屋のすみの椅子に座って、出番を待った。

背もたれのカーブした木製の椅子は、高さがぴったりだったから気にいっていた。自分の椅子だと決めている。

エアコンの風が当たらない壁にもたれて眼をつむり、女たちの会話を聞きながら、うつらうつらした。柑橘系、バニラ、フローラル。さまざまな香料と汗まじりの女の体臭が、彼の暗闇を巡《めぐ》っている。衣装掛けからドレスが引き抜かれるたび、防虫剤と衣類の匂いがあたりに散った。甘い匂いのする暖かい雲に包まれているようだ。白粉《おしろい》の匂いが、彼は好きだった。湿気のこもったうす暗い部屋が浮かんでくる。

彼の母親は、風俗店で働いていた。顔はとっくに忘れたが、洗顔料の匂いをぼんやり憶えている。女たちの柔らかい肌に囲まれて安心したことや、衣装の安っぽいピンクや赤の色合いも。女が大勢いる部屋の湿った空気が、記憶のトンネルから吹きつけた。

華やかな下着姿のダンサーたちが、階段を鳴らし、上気した顔でステージからおりてきた。彼はストレッチのために立ちあがった。ブザーが鳴り、彼の演目がアナウンスされた。彼は右手で椅子を抱えて、階段をのぼった。

トップライトの光の中心に、銀色のポールが立っている。

三層になった客席は暗く、ざわついていた。着飾った客たちが自由に席を行き来している。彼はステージのすみに椅子を置いて、荷物をのせた。

ポケットから黒の革グローブを取りだして、てのひらに巻きつけた。スーツにネクタイでポールの周囲を歩きながら、指を鳴らした。暗いホールの天井に、硬質の音がはねかえる。ざわめきが少しずつ静まってゆく。

曲のイントロにのって、彼はターンした。回転しながらジャケットから腕を抜いた。脱いだジャケットを椅子の背に放《ほう》った。ふわり、と椅子の背にかかった。

ポールを掴んで、宙を駆《か》ける自分の軌跡を思いえがいた。跳ぼうとする意志のまえに、身体は動いている。ツー・ステップで床を蹴《け》った。右腕に全体重がかかった。靴裏は、円柱の表面をとらえている。

暗い客席が視界を飛びさった。一瞬、身体が床と水平になった。自分の吐く熱い空気が顔にあたった。右脚をポールにからめて螺旋《らせん》を描きながら床におりた。回転し、ネクタイを外し、靴を脱いだ。

客の白い顔が、暗がりに咲いている。夜の水面の睡蓮《すいれん》のように。『あんたは指が長いのが取り柄だね』と店主にいわれた。女たちの目は、彼の指の動きを追っている。ポールを撫《な》で、女を愛撫するように我が身をなぞって、シャツのボタンを外す指を。

客席が熱くなる。彼はストリップの教本通りにリズムにあわせて、腰を落としながらシャツのボタンを外していった。

脱ぎ捨てたとき、どよめきがあがった。この店のレートではこれ以上は脱げない。客も知っている。天井近くまでのぼったあと、倒立した姿勢で頭からすべり落ちた。頭が床につく直前、半回転して立ちあがった。

まばらな拍手が聞こえた。彼は靴を拾いながらスポットライトの輪から離れた。いつもは楽屋にもどるのだが、今日はステージに腰かけて靴をはいた。シャツをはおり、自分の椅子と荷物を抱えて匿名席のブースに入った。

匿名席は、配信されることを好まない客の席だ。ブース席は、さらに目隠しの仕切りに囲まれている。

背もたれの高いソファのサテンのクッションの山に、長い髪をした女が深く埋もれて座っていた。陰になった顔で瞳が暗く煌《きら》めいている。蜂蜜の香りがした。蜂蜜とバラ。サテンより艶やかな光沢のある肌。

彼はテーブルについて、カバンからタオルを取りだした。顔をぬぐった。

ファインズの娘がたずねた。

「本業はダンサー?」

彼は首をふった。ストリッパーかと聞かないところが、この女の上品さだと思った。

「店の担当だ。店主は、店出入りの業者の担当者をステージにあげる。ノーギャラで。それが契約の条件だから、出入り業者は、芸ができる人間を担当につける」

彼はステージをふり返った。派手なブルーの上着をきた男が、テーブルマジックとトークで客席を沸《わ》かせている。

「あいつは、オーディオのリース会社の営業」

ダニエル・マインコフは声をたてずに笑った。

会社でみた資料によれば、彼女は既婚。夫はスイス人の銀行家で、子どもはいない。ガブリエル・J・ファインズのひとり娘だ。天使ガブリエルの娘は、予言者ダニエルの名を持っている。

彼はシャツの前をなおして、靴下をはいた。

「セレコムズの人にあなたの話を聞いた。新宿支店に問いあわせたら、金曜の夜は、この店にいると教えてもらった。フレンドリーな店ね」

飲み物を聞かれて、彼はシュガーレスのジンジャエールを頼んだ。食事の注文は相手に任せた。

高い店ではない。店は会員制で、下着メーカーや化粧品メーカーと提携している。ハロウィンやゴスのコスプレパーティに、コンサート。毎月通ってクーポン券をためれば、下着がワンセットもらえる。普通の女に商品を着用してもらうのが狙いだ。

ダニエルは、西蓮寺ビルの金庫の話をはじめた。

隠し部屋の金庫には、注意書きのセラミック板が取りつけられていた。注意書きには、内部にはロボットが格納されており、さび止めと緩衝用をかねたオイルが充填《じゅうてん》されている、と書かれていた。レーザーを使えば、引火の危険がある。金庫のパスワードや解錠キーのようなものはない。天井裏や床下への侵入口もなし。

「ファインズは、どんな父親だった?」

よくされる質問なのだろう。女はうんざりした笑いを浮かべた。

「素顔のファインズ? 玩具《おもちゃ》が好きで、娘に甘い父親だったという以外に?」

「いたずら好きだったかどうか」

考えるような間があった。彼女が座りなおし、花の香りがふたたび立ちあがった。よく知っている香料に、彼の五感がざわめいた。だが、この女は、彼の女ではない。おれの女はどこにもいない。

「いいえ、ふざけた人ではなかった。楽しいことは大好きだったけど、他人が嫌がることはしなかった。純粋で、善良で、子どもっぽかった。玩具のコレクターで、古いフィギュアやプラモデルを集めていた。母が亡くなるまで」

女のまつげが急に黒く濃くなった。顔を背《そむ》けた。

「母の事件は知ってるでしょ。有名だものね。事件のあと、父はコレクションを捨てて、わたしにボディガードをつけた。学校もデートもボディガード付き。ボーイフレンドもできなかった」

その事件は知っていた。ファインズの名前は、悲劇とセットになっている。悲劇の富豪。ファインズの名前が一般に知られるようになったのは、妻子の誘拐事件がきっかけだった。

十五年前、ファインズは南アフリカへ家族をつれて旅行した。妻子が誘拐され、子どもは解放されたが、妻のアリヤ・ファインズは数日後に死体でみつかった。目の前の女が、そのとき母親とともに誘拐された娘だと気づいて、彼はたじろいだ。

「あなたは、父の性格を知ることが、金庫をあける手がかりになると考えているのでしょう？ヒントになりそうなことなら、なんでも答える」

彼は考えた。

「あんたは、事件のときいくつだった？」

ダニエル・マインコフはちらっと舞台に眼をやった。考えこんでいる。

「なんでも答える、といったのは嘘《うそ》か？」

「いいえ。質問する必要があるの？　検索すればでてくることを聞いても無駄よ」

「検索しても、子どもの情報はでてこない。あんたの画像は一枚だけで、年齢は表示されてない」

マインコフの声は冷ややかだった。

「十才よ。おそよ十五年前」

母親は殺され、子どもは助かった。

なぜ子どもだけ助かったのか？

彼は、横目で相手の表情をうかがった。女も、彼をみていた。口にできない問いかけが宙づりにされて、二人のあいだに浮かんでいた。

「あの事件が、金庫をあける手がかりになると思っているわけ？」

「ファインズが、金庫を閉じた理由になるかもしれない」

マインコフはしぶしぶうなずいた。

「その可能性はありね。あなたが考えている通り、父は、わたしの命を優先したんでしょう。母の命より。父は、わたしを助けるために誘拐犯と取引したのかもしれない。どちらか一人選べといわれた可能性はある。でも、父はなにも話そうとしなかった。教えてくれないまま死んだ」

「ボディガード付きといったが、今日も？」

「いいえ、一人で。どうして？」

「店主が、あんたに護衛がついていたといってる」

女は、画像をみたいといった。尾行がいたと知っても驚いている様子はなかった。

店のカウンターの監視カメラには、四十代とみられる男が映っていた。地味ななりをした中年男だ。『ここは、カウンターではなく女性更衣室です、お客様』といわれて、あわてて店をでていった。

「たぶん父にロボットを売った会社の担当者ね。海華電信《ハイファ》の。父に売った製品を回収したいといってきた」

社主から聞いた話を思いだした。

「海華は、ロボットを作っている中国企業だな？　一度売ったロボットをどうして？」

「海華電信は、父が自社のロボットを改造したと思ってるのよ。ＷＡＮＫＯ《ワンコ》を。あそこは開発力がないから、どうしても欲しいんでしょ」

「なぜ、ファインズはロボットの改造をした？」

「父は病気のせいで、歩行が難しくなった。介護用ロボットは介護しかできないから、父は市販のロボットを自分用に改造した。車椅子も」

女は父親の病気について話をはじめた。脳の難病。運動神経や平衡《へいこう》感覚が損なわれて、歩けなくなる。すらすらと言葉がでるのは、何度も人に説明して慣れた話題だからだろう。ファインズは、脳細胞の移植を拒否した。医者には予後一年といわれながら、日本にきて五年以上生き延びた。娘が語るファインズの話を、彼はうわの空で聞いていた。

美しいアクセントと、女の肌から立ちのぼる温かな芳香《ほうこう》に酔った。

よく知らない女、それなのに昔から知っている気がする女。センチメンタルな音楽のせいだ。それと暗がりから漂う香りのせい。妻を抱きしめたときの感覚が、全身に広がった。

彼女の甘い香りには、すこしだけ本来のフレッシュな体臭が混じっている。蜜《みつ》の色をした肌と、両手で包みたくなるような滑《なめ》らかな頬とあごをしている。妻の顔をてのひらで包んで、親指で唇をなぞったときの感触を思いだした。腕の付け根から親指の内側へ、うずきが走りぬけた。

だが、彼がアクセス可能な肉体は、この世に存在しない。

隣に伸びそうになる腕をとめるため、両手の指を組みあわせた。

「……聞いてる？」

なにも聞いてなかった。

彼はステージに目をやった。今日二度目の下着のショーがおこなわれている。

女たちが身につけている下着は、法外《ほうがい》な値段の魔法の小道具で、無数のパーツとオプションがついている。防護ベストをかねたコルセットは、生地の面積比では地上でもっとも高価な衣類だ。

モデルをかねたダンサーたちは曲の終わりごとに、てのひらをひらひらさせて、客席から注文の発信を受けている。女に教えた。

「ここはメーカーのモニター店で、店内でショーの商品を注文すれば、社内販売価格で買える。店頭の三割引だ」

「ダンサーたちは、社員？」

「社員だ。買うなら七番だ。新作を確実に手にいれられる。新作は一割引だが」

女の目の色が変わった。座席から立ちあがって、指を弾《はじ》いてオーダー用の信号を飛ばした。黒の下着をつけた七番のダンサーが、ステージをおりてブースにきた。

ダンサーは高い腰に手をあてブースを練《ね》り歩きながら、客に細部をみせた。ステージの仲間たちをブースに呼び寄せた。

更衣室からもどってきた女は、満《み》ち足りていて幸せそうだった。

「バーゲン中に店の試着室を独占できたら、どんな気分だろうってよく思ってたの。あなたも自分の顧客だとアメリアが話してたけど。買ったの？」

「一度だけ」

「あなた、本当にビルの管理会社の人なのね」

彼は女の横顔をながめ、そこに失望を読みとった。

「だれかが、おれを寄こしたと思った？」

「わたしは、家のセキュリティに登録されている三番めの人間は、哲さんだと思った。わたしの従兄の。あなたが、彼のかわりに玄関のシャッターを解除したんだと考えてたの」

定法哲。ファインズの甥で主治医だった。

「実際に、三人めの登録者は、哲さんだった。でも彼はセキュリティは解除してないといっている。四人めの登録者は、不明。日本にいる親族は全員ハズレ。弁護士のアンドリューズでもなかった」

「定法とファインズは、治療方針をめぐって決裂したのか？」

「いいえ、相続人からはずしたのは、哲さんの希望があったから。哲さんが協力してくれたから、父は治療と研究を両立できた。引退後の父は、日本で五年間を過ごしたあと、飛行機に乗れないほど病気が悪化する前に、スイスのわたしたちの家にもどった」

「ファインズはずっと入院してたのか。西蓮寺ビルの家は？」

「西蓮寺ビルは、父の実験室。ベッドと食事は、緑陰大学病院」

「病室はホテルがわり？」

「そんなところね。父は病院に住んで、毎日、西蓮寺ビルに出勤していた。ビルを使ったのは、ロボットと室内センサーの同期実験もやっていたから。緑陰大学病院だと、院内のシステムに干渉してしまうから」

「仕事として、ファインズは実験をおこなってた?」

「いいえ。百パーセント自分の楽しみのため」

彼は納得した。

ファインズの娘が、店にたずねてきた理由がわかった。彼を、定法の部下だと思いこんでいたからだ。

「おれは不動産会社の社員だ。あんたの誤解がとけてよかった」

黒丸は、テーブルの下から荷物を引っぱりだした。女は誤解していた。おかげで彼も甘い夢からさめた。彼女の親密さ、うちとけた態度は、従兄に向けたものだったのだ。

「じゃあこれで」

自分の椅子を抱えて立ちあがった。女は座ったまま、すっと片足をあげて水平に伸ばした。ブースの出口が、女の脚でふさがれた。彼は、すんなりした筋肉質の脚をみおろした。女は上目遣いに彼をみあげている。

「あなたでも従兄でもないなら、だれが家のセキュリティを解除したの?」

うなじの毛が逆立つような感覚があった。この女は知っている。

「定法が嘘をついたとか?」

「哲さんは、あの時点ではなにも知らなかった。あなたの会社は、社員が閉じこめられたことを、クライアントに知らせなかった」

「緑陰大学病院とセレコムズ社は、同じセレディスのグループ企業だ。セレコムズ社から定法に漏れたんだろう」

「ドアがあいたとき、セレコムズ社のサーバーは、家のシステムに同期してなかった。スタッフの仕業なら、もうすこし待ったでしょうよ。あなたは、ミスを犯した。それも致命的なミス」

座って、といわれたが、彼は突っ立ったままだった。逃げるチャンスをうかがった。女の脚はまだ通せんぼしている。

「思うに、保安主任の端末をハッキングをした人物は、なにがなんでも仲間を助けたかったのね。仲間のために、危険を承知で家のセキュリティを解除した」

すっと彼女の脚が持ちあがって、黒のシルクのスカートがずりあがり、太股の付け根まであらわになった。彼の目が、太股と胴のつなぎめに釘付けになった。下着らしいものはみえなかった。赤いブーティの先端が、彼の股間に押しあてられた。

「あなたの正体はわかってる。座って」

彼は、女をながめて思案した。

椅子の背をまたいで座った。女は、得物をなぶりにかかるように目を細めている。上品な女、という最初の印象を、彼は訂正した。手段を選ばない女だ。

「哲さんは、あなたのことを知ってるとも知らないともいわなかった。『ハッキングされたことは？』と聞いたら、『あるかもしれない』だって」

ダニエル・マインコフは、形のいい眉をしかめて、「あのヤブ医者」と罵《ののし》った。

「わたしは、あなたがドアをあけたことを認めない理由について考えた。それで思いだした。

六年前、緑陰大学病院はサイバー攻撃を受けて、システムがダウンした。あそこのセキュリティは、セレコムズ社が担当するまで甘かったから。データの漏洩《ろうえい》はなかったけど、患者をほかの病院に緊急搬送したりで、病院の信用はがた落ち。そのとき哲さんの暗号コードを破った侵入者がいた」

彼は無言で、話のつづきをうながした。

「あれで、哲さんも鼻っ柱《ぱしら》を折られたみたいね。自力でシステムを守るのは無理だと認めて、父の会社と契約した」

「セレコムズ社の利用料は高いのか？」

女は彼の質問を無視した。美しい目が、意地の悪い喜びで輝いている。

「逮捕された国内グループのリーダーは、十六歳の少年だったそうよ。わたしの想像だけど、この子には、反社会的なグループのスカウトマンが殺到したんじゃないかな。あなた今、いくつ？あなたを探している人間が大勢いるんじゃないの？」

## □7　ブラックボックス

黒丸は、なにも認める気はなかった。とっくに終わった話だったからだ。

金庫の解錠に協力する、とダニエル・マインコフにいった。口先だけ。

クライアントである信託銀行から依頼がきて、彼は、西蓮寺ビルの担当付きアシスタントになった。

西蓮寺ビルの正規の担当者は、国際事業部の正社員だ。マツヤマという名前で、見た目は悪くないが、どうしようもなく仕事ができない。だから、海外業務のほとんどない会社の国際事業部に配属されている。手間をかけても、黒丸の売上にはならない。交通費の支給は半額、支払いは一ヶ月先だといわれて、やる気がなくなった。

最初の打ちあわせ日は、彼の定休日だった。予定通り休みをとった。ウェイから連絡がきた。

『どうしてこなかったの？』

「おれの定休日だ。うちの担当者は？」

『国際事業部の部長とスタッフがきてた』

会社都合の解雇だと、社会保障手当てがつく。きれいに会社をやめたかった。

「なにか決まった？」

『次の打ちあわせ日は、きみの出勤日にあわせることに決まったよ』

清掃部門の主任のタカギが、バイクを貸すとメッセージをよこした。黒丸は、週末、ヴィンテージバイクを整備した。月曜日にそのバイクに乗って物件にむかった。

西蓮寺ビル六階のエレベーターホールに、青いキックボードが立てかけてあった。玄関の横に椅子がおかれて、国際事業部のマツヤマが不機嫌な顔で座っていた。カードキーを持った待機役だ。黒丸は挨拶《あいさつ》したが、相手は端末から顔をあげなかった。

着信が入った。清掃部主任のタカギからだ。

『マツヤマは、ホールに座ってるか？』

彼は、玄関前をうかがった。

「ああ。ゲームをしてる」

『ならいい』

通話が切れた。

マツヤマは信用できないということか。それとも確認したかったのは、おれが現場にきているかどうか？　たぶん両方だ。

ウェイはリビングで待っていた。床に座って、ヘッドセットを使っている。

「やっぱ、ここだと電波が入らないや」

ウェイは、テキサス工科大のロゴ入りシャツに野球帽、ハーフパンツという格好だった。最初、通訳アプリを使って不慣れな日本語を話していたが、数分で英語に切りかえた。日本にきて一年半だといった。

「奥の部屋は、電波遮断室だった。ゲイブは研究室として使ってたらしい。デスクと椅子がある」

説明しながら、ウェイは歩きだした。

窓部屋には、機材がいくつか置かれていた。ドアをあけておくための電波発信機とバッテリー。ウェイが機器の電源をいれると、電波遮断室のドアがするするあいた。

内側には、もう一枚、真っ黒な扉がある。

黒丸は、真っ黒な扉が開くのを待った。しばらくながめて、なにもないことに気がついた。暗闇が、黒い壁にみえていたのだ。

「真っ暗だろ。電波シールドのせいで、反射光がないんだ」

ウェイは、入口を指さした。

「この扉は、一分に一回、信号を送れば、あけたままにできる。他の部屋の防護シャッターで試してみたが、開かなかった」

「部屋ごとに独立したシステムということ?」

ウェイはポーチからヘッドセットを取りだした。

「いや、システムは連動してる。ほかの部屋のコンパネには受信機がついてないんじゃないかな。ぼくたちは、四年たったら家全体のセキュリティが解除されると思ってたけど、そうじゃなくて、電波遮断室の入口が開くだけなんだ」

「家のセキュリティを解除する方法はないということか?」

「たぶんね。登録されている人間はいつでも自由に家に出入りできるけど、他人はカードキーで玄関をあけなきゃならない。そしてカードキーは、玄関でしか使えない」

「未登録の人間が入ると、どこかでトラップに引っかかって、閉じこめられるわけだな」

ウェイはしかめ面になった。

「ゲイブは、自分のためにこれを作ったんだよ。家族にみせれば充分だったんだ。ところで、このやり取りをライブで会社に流せといわれてるんだけど、きみ、気にしないよね？」

どうぞ、というと、ウェイはヘッドセットをかけて、電波遮断室に入っていった。

室内に灯りがともると、闇にかすかな陰影ができて、遠近感が生まれた。部屋の天井と壁の見分けがつくようになった。

黒丸はウェイのあとにつづいた。

電波遮断室の内部は、思っていたより奥行きがあった。奥のほうにシートをかけた大型の機材が並んでいる。

室内を撮影しながら、ウェイがいった。

「ぼくは同僚と賭けをしてる。ぼく以外は、金庫があかないほうに休暇を賭けた。ぼくはユーロ本社への転勤希望を。うまくいけば、今年の冬はチューリッヒだ。遊びにこいよ。クリスマスの予定は？」

「ない」

黒丸は、金庫の扉をみあげた。

金庫の扉は、ほかの壁とはわずかに光沢がちがっていた。目の高さに、セラミック製の黒い説明用ボードがついていて、英文で注意書きが印字されている。火気厳禁。

黒丸は金庫の表面に触れた。ざらりとしている。

「電磁波シールド用の発泡金属だよ」

ウェイは、金庫の扉をノックした。

「扉の高さは二・三メートル、幅一・五メートル。おそらくはアナログタイマー。左の壁に入力パネルがあるけど、反応しない」

入力パネルは腰の位置にあった。車椅子用だ。

「金庫が埋めこみ式なら、壁の隣には空間があるはずだ。メンテ用の通路とか」

「金庫のサイドウォーク？　横から金の延《の》べ棒を補充するの？　パパ・ゲイブならやったかも。彼、車椅子を用途別に揃えてたんだ。スノーモービル用、波乗り用、ナンパ用」

「昔のロボットを改造してたという話だが」

「WANKOは、もともとゲイブが、自宅で使うために作ったものなんだ。で、製品化されて大ヒットした。今は、落ちぶれて奴隷作業に使われている」

黒丸が、ロボットの動画をみているあいだ、ウェイはピザを注文した。エレベーターホールで待機中の担当者に、トッピングを聞きにいった。

「彼女、いらないってさ。ダイエット中かな」

WANKOの動画は山ほどあった。

名前どおり、大きな犬に似ていた。秋葉原でファインズが連れて歩いていたあのロボットだ。

重量八十四キロ、ボディの高さは一・二メートル。タワーをのばすと、高さ二メートル以上になる。全天候型の野外作業ロボットで、危険地帯での回収作業や、瓦礫の撤去作業を得意としている。事故現場の遺体の収容ロボットとしても有名だった。時速は最高二十キロ。動きはゆっくりしている。

日本ではどこへいくのもファインズと一緒だった。

「ファインズのペットだった？」

「そ。ドーナッツがエネルギー源。変身してバイクになる」

「攻撃は？」

「アームのひとつがロケット砲で、こっちがシザーハンド。冗談だよ。攻撃用のロボットは市販されてない。これは作業用」

ライブで聞いている上司から、小言をいわれたようだ。

「攻撃より、回収のほうが難易度が高いんだぜ。こいつは世界中のゴミ処理場で使われてる。革なめし工場や鉱山でも。中古品なら安いし、ポンコツになっても動くからね。改造パーツが、すぐ壊れるので有名だけど。WANKOの映画はみたことある？　全米が泣いた感動作さ」

ウェイは、金庫にむかって指笛を吹いて、ひざを叩いた。

「カモン！　WANKO！」

反応はない。当たり前だが。

「こっちが医療マシン」

ウェイは、部屋の中央に置かれた大きな金属製のマシンに近づくと、アームにぶら下がった。

黒丸は、ウェイがその機械の説明をするのを待ったが、ウェイはぶら下がったまま懸垂《けんすい》をはじめた。それで、機械をながめた。

高さ二メートル、アームがついていて、全体は灰色。四本の支柱の先端に二本の折りたたみ式のアームがついて、アームの先端には、ラグビーボールより一回り小さな電磁波の照射ヘッドがある。

なぜ医療用マシンがあるのか考えて、病院からの問いあわせのことを思いだした。これがファインズ邸で紛失したという医療機械だ。高さ二メートル、重さ二〇〇キロ。たしかにこのマシンだ。マシンの向こうには、銀色のシートをかけた治療用の長椅子のようなものがおかれている。

黒丸はシートをはいだ。

背もたれを調整できる椅子をかねたベッドで、コンソールが一体になっている。

「この機械を、ファインズは治療用に使ってたのか?」

「いや、システムのクリーンフライ用」

「クリーンフライ?」

「WANKOは、パーツごとにメモリとチップが入ってて、全身のパーツが相互補完しながら動く。だから何カ所か壊れても平気なわけ。でも、処分のときは面倒なんだよ。もしゲイブがWANKOを改造してたのなら、廃棄のときはすべてのチップを取りださなきゃいけない。それが面倒だから、甥からマシンを借りたんじゃないかな。電磁波でバリバリバリ。で、一挙に焼きあがりさ。ゲイブは、WANKOを二十台以上潰したらしいよ」

「どこをどう改造したんだ?」

「それがわからないから、みんな必死になってる」

ふむ。

ウェイは、医療マシンの話をはじめた。

緑陰大学病院から、ファインズが借りだしたまま返却しなかったマシンは、医療機械としては一度も使われたことがないのだとか。

「この医療マシンは買った直後に壊されたんだ。子どものいたずらで。ほら、あそこ」

ウェイが指さした支柱の一本を指した。落書きがあった。尖ったもので名前を彫《ほ》りつけてある。

ネイ。

「ダニエルによれば、小児科に入院してた子が壊したんだってさ。十億のマシンだぜ。そのあとも入院させてたっていうから、驚きだね。彼女、ゴージャスだと思わないか？」

ウェイは、オーディオチャンネルをつけた。ポップ音楽が部屋に流れはじめた。

「きみ、ダンサーやってるんだろ。店に女性客はくる？」

「女しか入れない店だ」

ワォ。ウェイの目が輝いた。

「その店、オーディションは？」

黒丸は、医療マシンのベッドとデスクを調べた。どちらも可動性が高く、背もたれを倒せば寝ることもできる。車椅子から移動するためのサポートアーム付きだ。ベッドの支柱は床に固定されていた。

黒丸はデスクを調べた。汚れ放題だ。ベッドにもなにかをこぼした跡がついている。

グラス跡とお菓子の欠片《かけら》。黒丸は、埃を吹きとばして、グラス跡に触れた。糖類で、まだねばねばしている。デスクには数式が書き散らされて、落書きがあった。黒丸はデスクとベッドを撮影した。

ウェイは、ダニエル・マインコフの話題を蒸し返した。

「彼女、離婚協議中だってさ。知ってた?」

突然、曲が止まった。上司に怒られたようだ。ウェイは頭を振りながら、部屋の隅《すみ》へいった。小声で言い訳している。

黒丸はウェイを呼んだ。

「この床のサークルはなに?」

彼はベッドの下を指さした。黒一色の床に、ベッドを囲むように円形が描かれている。線の幅は二センチほどで銀色をしている。

ウェイは、サークルにヘッドセットのカメラを向けた。本社からのアドバイスに耳を傾けている。

「シールドだそうだ。銀色の線はシールドの先端ね。電磁波の照射中は、デスク全体を遮断板でシールドして、入力装置を保護するんだ。会社の実験室にも同じものがある。使うときは使用者は部屋の外にでるけどね。天井と床からシールド板がでて、デスクとベッドをぐるっと囲む。床と天井の円形は、実は埋まっているシールド板ね」

黒丸は天井をみあげた。ウェイのいうとおり、床と同じ円形の切りかえがあった。ベッドの真上には空調口と照明。

ウェイが、デスクの下からボードを引っぱりだした。薄型のタッチボードだ。電源が入ってない。

ふたりで電源を探した。

黒丸は、医療マシンの支柱のあいだに潜《もぐ》りこんだ。腹ばいになって、支柱下部の、ネジ留《ど》めされたフタをみつけた。携帯用ドライバーでフタをはずした。内部に、電源用の指し込み口があった。そこに、抜いてあったプラグを差しこんだ。

スライドボードと医療マシンの両方に、ライトが灯った。だがスライドボードには、指紋認証のロックがかかっている。

「この程度ならすぐ解除できるよ。電源をいれる？」

黒丸は、いや、といった。

「やめよう。この部屋のセキュリティチップは外されてるし、なにが起きるかわからない」

「だね。次はセレコムズから機材を持ってくるよ」

黒丸は、マシンの支柱の下のほうに手をすべらせて、セーフティをかけた。待機電源のライトが緑にかわった。

「きみ、医療マシンの操作方法を知ってるの？」

「こういう機械は、どれも同じだ。この家に、定法哲がきたことは？」

ウェイは、ダニエル・マインコフにボイスメッセージを送った。
二、三分して、彼女から返事があった。ウェイがくるっと背中を向けた。ダニエルと会話しながら隣の部屋にいこうとするので、黒丸は引きとめた。
「音声をだせ、仕事中だ」

「定法博士は、一回きたそうだ。一年ぐらい前。日付は必要？　ゲイブの車椅子が壊れてレスキューを呼んだ」

ウェイは、外部スピーカーに切りかえた。

ダニエルによれば、定法がここにきたのは去年の十月。深夜、品川区のレスキューから、緑陰大学病院の救命センターに問いあわせがあった。西蓮寺ビルから、フランス語の救急搬送の要請が一件きた。緑陰大学病院の名前と定法の名前をくり返しているから、そちらの患者ではないか、とたずねた。

定法は叔父だと気がついて、スタッフをつれて病院の救急搬送車で助けにむかった。

ファインズは、窓のある小部屋に倒れていた。電波遮断室から這《は》って部屋の外にでたらしい。一ヶ月ほど絶対安静だった。その後少し回復したものの、ひとりでの外出は不可能になった。

『システムの誤作動が原因らしいんだけど、父はその話になると取り乱すから、詳しく聞けなかった。車椅子の生命維持装置が壊れたらどうなるかは、本人が一番わかってたから』

彼はたずねた。

「車椅子が壊れる前は、ファインズはひとりで西蓮寺ビルにきてたのか？」

『毎日ね。介護人がつく決まりだったけど、父は自由に外出してた。父を閉じこめておけるロックはなかったから』

ダニエルのため息まじりの口調で、ファインズが実際にロックをこじあけて何度も逃走したのだと知れた。

「西蓮寺ビルの実験も、ひとりで？」

しばらく待たされたあと、ダニエルの声が聞こえた。そばにいるだれかと話をしている。病院理事長の従兄かもしれない。

『いいえ、昼間は、部品の業者や実験の手伝いの人が大勢出入りしていたそうよ。金庫はあいた？』

ウェイが口をはさんだ。

「手がかりがみつかったよ。今日はこられる?」

『無理ね。これから会議なのよ。じゃあ』

黒丸は、デスクをながめた。タッチボードの隅に、うっすら輪状の跡がついている。指輪サイズの円形だ。

黒丸は、結婚指輪をはずして置いた。彼の指輪とほぼ同じ大きさだった。デスクの下をのぞくと、サポートアームとベッドの隙間に金色の結婚指輪がはさまっていた。ファインズの結婚指輪だろう。

ウェイは、自分がダニエル・マインコフに渡すといいはった。だが、ふたりとも彼女の宿泊先を知らなかった。結局、信託銀行の担当者経由で返すことになって、黒丸が預かった。

ピザが届いた。食べながら、ウェイの話を聞いた。

ウェイはベトナム系アメリカ人で、兄が東京の研究機関にいる。ガールフレンドはなし。最近別れた。食事中はライブカメラを切っていたから、ダニエル・マインコフの話題がたびたびでた。彼女の夫は、噂では、特に金持ちでもスポーツマンでもなく、見た目もイケてない。いったいどこがいいのか。

「愉快な男とか?」

黒丸は、妙な音に気がついた。口笛に似た音がする。それがしだいに大きくなった。天井の空調口がひらいて、風が吹きだした。照明が点滅している。

「アラームだ」

ふたり同時にピザを放りだして、出口に走った。

黒丸は、非常脱出口の窓のことを考えた。窓部屋。ウェイも同じことを考えている。電波遮断室を飛びだすと、まっすぐ窓に駆け寄った。

照明がしだいに暗くなり、アラーム音が大きくなった。死ぬことはないとわかっていても、腐乱死体が頭に浮かんでいやな気分になった。突然、電源が落ちて電波遮断室のドアが閉じた。目の前で、ゆっくりと隔壁シャッターがおりていった。

密封された狭い室内は、数分で蒸《む》し暑くなった。黒丸は、窓辺にたって、カードキーを持っている同僚にコールした。数回かけたが、国際事業部のマツヤマはでなかった。本社に連絡して事情がわかった。

マツヤマは、今、警察にいる。レストランで昼食を取って、ビルに戻る途中、顔に液体をかけられてバッグを奪われた。ケガはなかったが、マツヤマはショックで取り乱している。奪われたバッグには、カードキーが入っていた。

黒丸は社内のシステムにつないで、ファインズ邸前の監視カメラの映像を調べてもらった。防護シャッターが落ちる直前、ガードマスクをかぶった人間が、カメラに向かってバットをふるう映像がのこっていた。

その一時間前から、エレベーターホールは無人だった。

黒丸が中に入ってすぐ国際事業部の女は、外出していた。

黒丸はカードキーのことは諦めて、非常脱出用の器具を調べた。ロープと変わらないような幅の狭い縄梯子《ばしご》が入っていた。

申し訳程度のベランダから、地上までの距離を目測した。「こんなのでおりたら死ぬよ」とウェイがいった。黒丸も同感だった。非常警報ボタンを押した。

『三十秒間入力がなければ、自動的に品川区の緊急通報につながります』

英語のアナウンスが流れたあと、日本語がくり返した。

パネルに、今まで表示されたことがなかった選択ボタンがでてきた。クリーニング、それから緑陰大学病院。下に間取りと部屋番号。一番下に、オン・オフのついた風、水、熱といった小さなボタン。

緊急用窓口の自動応答システムに接続された瞬間、照明の光がもどった。空調も復活した。

「助けを求めれば、助かるんだな」

「パパ・ゲイブらしいね。熱とか水ってなにかな?」

選択肢のうち、風とクリーニング以外はスラッシュで消されていた。ウェイが風のボタンを押すと、天井から太いノズルがでてきた。あわててオフにした。

梯子車が到着して、救助活動がはじまった。強風で二人は壁に吹っ飛ばされた。ウェイははしゃいで梯子車をおりたが、黒丸は楽しくなかった。通行人のカメラから顔を背《そむ》けた。うんざりするような後始末が待っていた。担当者のマツヤマはショックを理由に雲隠れして、彼が信託銀行と上司に叱責された。

カードキーを奪った人間は、アラームをオンにしていった。なんのため?

ほかに閉じこめられた人間がいる可能性は低かったが、ダニエル・マインコフに連絡を取った。内部を確認する必要があった。

緑陰大学病院にいた彼女は、一時間後にファインズ邸にあらわれた。

黒丸は、彼女と話すウェイを横目でみながら、同僚や上司に同じ説明をくり返した。壊された監視カメラの代わりを注文して、届いたカメラを自分で取りつけた。

始末書を書いて帰社したときは、午前二時だった。

彼は、狭い寝床に横になった。疲れ果てて、身体がどこまでも沈みこんでいきそうだった。シャワーを浴びたかったが、立ちあがる気力がなかった。

寝転がったまま、転職のことを考えた。暗いバックヤードに並んだ空き瓶の箱や、湿ったコンクリートの床や、箱の上で首をふる扇風機をみながら。

翌朝、ダニエル・マインコフから着信があった。

『今日の午後一時、父の家にきてもらえる?』

彼は、返事をしなかった。監視カメラの代金が払いもどされたら即、退職するつもりだった。

解雇されたい。ダニエルがたずねた。

『国際事業部の女性は、処分を受けた?』

「いや」

『無責任なのに、どうして?』

「マンションを幾つも持ってる取引先の娘だ。会社におくだけで値打ちがある」

『じゃあわたしと同じね』

静かな口調に、彼の頭がすっと冷えた。

『きれいなオフィスをもらっても、仕事はもらえない。仕事を渡したくない人たちがいて必死なの。話したいことがあるから、きてもらえる?』

彼は、退職を一時棚上げにした。やめるなら、次の仕事が決まってからだ。

# □8 WANKO

ファインズの娘は、細身の白いアオザイをきていた。

髪をまとめて、細いうなじをみせている。すんなりと伸びたうなじと花弁のような耳たぶ、暗い室内では、白一色の姿が現実離れしてみえる。

香りも変わっている。彼女が動くたび、生地から軽くさわやかな香りが空気中に広がった。黒丸はがっかりした。心をかき乱すあの甘い匂いを、もう一度嗅ぎたかった。

ファインズの娘は、彼の普段着をみて、すぐ目をそらした。

「そのひどい格好はなに?」

「Tシャツにジーンズ。昨日超過勤務になったから、今日は休みだ。ついでにいえば契約社員だから、休日出勤手当はつかない。今日の日給は一万六千円。交通費は請求しない」

手をだすと、彼女はけげんそうにみた。ようやく理解してカードを取りだした。eクレジットで支払った。

「男性に、デート代を払ったのははじめてよ」

「トイレが詰《つ》まったときはいつでも誘ってくれ。領収書は?」

いる、とダニエルがいったので領収書を送った。結婚指輪のことを思いだして、ダニエルにわたした。裏のイニシャルと年月日をみて、彼女はうなずいた。

「父のものよ。葬儀のまえに探したんだけど、みつからなかった」

彼女の左手をながめた。結婚指輪はない。

ダニエルが先にたずねた。

「あなたの配偶者は、どんな人?」

「入院してる。あんたの夫は?」

「離婚協議中。わたしの側に問題があるのだけど、夫は認めようとしない。それでわたしから離婚を申したてた」

「あんたが離婚したいということ?」

「いいえ」

彼はその話について考えた。

深入りしないことにして、電波遮断室に入った。トマトソースとチーズの臭気が充満していて、胃がむかついた。シートに放りだしたままのピザやコップ、箱を片づけて、ゴミ袋をエレベーターホールにだした。

「ウェイは今日、遅いのか?」

「彼は呼んでない。金庫があかなかった場合、ビルをどうするかの話だから」

黒丸は了解した。昨日わかったことを話した。

「部長が今、改装工事業者を調べているが、耐震補強した施工会社以外の業者名がわからないそうだ。そっちに発注書のコピーは残ってないか?」

「なにもない。工事関係の書類は、父がぜんぶ処分していた。もし残っているとすれば、金庫のなかね」

ふたりは金庫の扉に目をやった。あかない金庫。

「法人税の申告書類のコピーはわたしの手元にある。父のクレジットカードの取引明細も請求すれば取り寄せられる。それらを一覧にして送る。現金払いがかなりあるから、総額はわからないと思う」

「ファインズは、改造工事を秘密にしていたということか?」

「そうよ。父は、業者を入れ替えながらこの研究室を作った。セキュリティや配電は、スイスからセレコムズ関連の設備会社を呼んだ。セレコムズの設備会社から内容を聞きだすには裁判所命令が必要ね。システムは父自身が組んだ」

部屋のタッチパネルが、来客を知らせた。

「だれ?」

今日は、玄関前の待機役はいなかった。

予備のキーは奪われ、ダニエル・マインコフは、キーの管理をしくじった間抜けな管理会社に、自分のキーを預ける気はさらさらない。

それに、彼女は、ファインズがシステムに登録した四人のなかのひとりだった。電波遮断室以外の部屋のタッチパネルが操作できる。四人めはあいかわらず正体不明だが。

シティサイジング社はキーを紛失した穴埋めとして、ロビーの監視カメラの台数を増やした。来客はふたり組の男で、どちらも未登録。ひとりはカメラの視界の外にいて、インタフォンを押したほうは、カメラから顔を背《そむ》けている。

身体付きは、『千のピンク』までダニエルを追ってきた尾行者に似ていた。彼女は「拒否」といった。

「カードキーを強奪《ごうだつ》したのは、この男かもしれない」

「いいえ。この男と連れは、昨日は病院の横で張りこんでいた。わたしのあとを追いかけて」

思わず黒丸はダニエルの横顔をみた。石の彫像のように冷ややかな横顔だった。

彼はここに入る前に、ビル入り口のシャッターを閉じて内側から施錠したかどうか思いだそうとした。施錠した。自分の端末に録画している。

侵入者は、シャッターを壊して六階に入ったにちがいない――。

「かれらはなにもの？」

「大柄なほうの男は、バッツといって、母の――、昔の同僚だった。元アメリカ陸軍。今は海《ハイ》華《ファ》電信に雇われてる」

「ファンイズの取引先か？」

「あとで説明する。解体のコストはどのくらい？　大ざっぱでいいんだけど」

黒丸は、窓部屋から会社に連絡した。

部長に事情を話して、ビル解体の見積もりを頼んだ。部長は、金庫の全容がわからない状況で、見積もりはだせないといった。六階だけで、ほかの階を合わせたよりも高くつくだろう。

「管理部門の部長が、六階を壊すのは、ビル一棟壊すより費用がかかるといってる。ロボットの保険のことを聞かれた。保険金でカバーできないのか？」

「意味がない」

きっぱりした口調だった。

「ビルを爆破しても、金庫は無傷でのこして」

「この金庫のなかのロボットが、重要な理由は?」

「だって、WANKOは——、父が開発したロボットだから」

彼は、その言葉を口のなかでくり返した。会議のときに聞いた内容が、ふいによみがえった。WANKO。海華電信で世界中に販売されている犬型ロボットは、ファインズが開発して、海華電信に売り払ったものだ。ようやくその情報が彼の頭に届いた。

「つまり、ファインズは、自分が以前持ってた会社のロボットを購入して、改造したということか?」

ダニエルの切れ長にメイクされた目が、黒丸をみあげた。涼しいを通りこして瞬間冷凍されそうな眼差しだった。

「会議と店でその話はしたはずだけど? 聞いてなかったのね」

聞いてなかった。

自分とは無関係な話だと思っていたから。

ファインズの娘は、彼を目一杯働かせる気でいる。乗せられたくなかったが、好奇心に負けた。

「ファインズは、安値で前の会社を手放したといってたな?」

「株の譲渡についての約款があったから、約款通りに時価評価額の十分の一で譲渡した。父の最大の失敗は、最初の会社、ガーディアンズ社を上場しなかったことよ。小さなハイテク企業が莫大な利益を上げて、株のほとんどを父ひとりが所有してる。そんな会社、狙われて当然よ。事件の前から、みんなに危ないっていわれてたのに、父は聞く耳を持たなかった。利益を研究開発費に回したかったから。株主配当なんて、バカらしいと思ってたのね」

ファインズは、狙われていた？

ファインズの妻の誘拐事件には、裏があったということ？

「ガーディアンズ社は、その後どうなった？」

「……それも話したけど、もう一度説明するね」

ダニエルの声は、凍りつきそうなブリザードの響きがした。

「ガーディアンズ社は、海華電信に吸収されて、今はただのロボット生産専門の子会社。父がセレコムズの経営者になったあと、ガーディアンズ社にいた技術者たちは、全員セレディス・セレコムズに移った。ガーディアンズ社は、ハイテク企業としては完全におしまい。ロボット以外のパテントは、米軍が持ってたわけだし、特許化してない企業機密のデータは、父がぜんぶ引きあげたから、会社のデータベースは空っぽ。海華電信はアテが外れたんじゃないの。今でもロボットを生産しているけど、新製品はでてない」

「旧型のまま？」

「昔うちでWANKOを飼ってた――、いえ使っていたから、よく知ってる。ロボットの外装は変わっても、型は同じよ。海華電信は生産ラインも自前で組めなかったから、同じものを造りつづけるしかなかった。うちにいたWANKOの一号に、父は庭の掃除をやらせていた。枯れ葉を集めたり、芝生におちた猫の糞を拾わせたり」

かすかな笑いがダニエルの口元をかすめたが、ほんの一瞬で消えた。

「父がどんな人間だったかと、あなた聞いたよね？　父は、ロボットマニアの大きな男の子だったのよ。一生、大人にならないままだった。うちには父がコレクションしていた古いロボットの玩具を集めた部屋があった。父の宝物だった。

父が軍の研究委託を受けたのは、莫大《ばくだい》な予算がでたから。防衛用なら、市民の安全にも貢献する、と父は無邪気に考えたの。人の役にたつロボットを作ってるんだと父は話していた。母が死んだあと、父はコレクションも会社も手放した」

ダニエルの大きな目の表面を、濡れた光が走りぬけた。

ファインズは、人の役に立つロボットを開発して、子どもの頃の夢を実現させた。その結果、妻を失った。人類を守るといいながら、家族を守れなかったファインズのことが、少しわかった。

黒丸は資料に目を落とした。

「しかし、海華電信も新型WANKOをだしたんじゃないのか？」

「だしたけど、不具合が多すぎて製造中止になった。今は、ロボットの開発部門もない。父がシステムを組むときに使ったのは初期の人工知能言語で、あまりにも難解で普及しなかった。海華電信《ハイファ》重工。海華電信は、二十年以上前の製品をまだ売ってる」

彼は待った。だが、ダニエルの説明はそこでおわりだった。

「それだけ？」

彼女は、唇の端をキュッとあげた。

紐を結んでおしまい、の微笑だ。企業秘密。

彼は、セレコムズのセキュリティを、どうしても突破できなかった理由を思いだした。システムをシミュレーションしたとき、量子力学のアルゴリズムが大量に必要になると気がついて、途中で投げだしたのだ。

ダニエルの説明どおりなら、ファインズはひとりで、ビル一杯のサイバーエンジニアに匹敵する仕事をしたことになる。それが可能なツールを持っていたにちがいない。公開も特許登録もされてない秘密のツール。

ためしにいった。

「ファインズは、研究者だったとき人工知能の開発をしてたな。そのとき、人工知能技術によるシステム作成ツールを開発したんじゃないか?」

ダニエルは笑っている。

「ツールは、甥に譲渡したとか。だから定法哲を、相続人から外した?」

「この話はできないのよ」

彼は質問の角度を変えた。

「ファインズは、なぜ日本にきて昔のロボットの改造をはじめたんだ? 他社の特許が切れるまで、何年も待たなければならないのに」

この質問は有効だった。

ダニエルは考えている。「メールのせいかもね」といった。

「世界中から、メールが届いたの。動かないWANKOを持っている人たちから、『お願い、ファインズさん』のメールが」

「底辺労働者?」

「いいえ。内戦後の国で、支援活動をおこなっているNPOの人たち」

ダニエルは、砲撃で瓦礫になった街の話をした。そこから届いたメールについて。

彼が予想もしなかった話だった。

戦争によって、ひとつの世代が消えてしまった国がある。その国の子どもたちは、教育や訓練を受ける機会を与えられないまま大人になった。銃は扱えても、読み書きができない、そんな若者が大勢いる。

このままではまた内戦が起きる――、
支援者らは危惧《きぐ》して、若者のための教育システムを作った。だが、資金が足りないため、職業教育までは手が回らない。

そこで、NPOはゴミ捨て場に大量に廃棄されていたWANKOに目をつけた。アームも駆動輪もなく潰されるのを待っているゴミのロボットだ。しかし、電源をいれればインターフェースは起動する。頑丈なコアには、戦争が起きる前の技術や作業のコツが蓄積されている。

「捨てられたWANKOは、工場や農場で、何十年も使われていたものなの。作業に必要な手順を何でも知っている。農場管理の工程表や設計図も書ける。人間のようなアームを取りつけることができれば、若い人たちに技術や作業のやり方を教えることができるの。WANKOのサポート役として、仕事のない人たちに雇用を与えることもできる。文字が読めない人でも使えるインターフェースを父は構築したから」

「新品に、インポートするのは？」

「そこまでの資金は、かれらにはない。それに、無傷の旧型は新品の何倍もする。建設会社や工房、染色工場は、職人のバックアップ用に今でも旧型のWANKOを使っている」

「だから中古マーケットが盛んなんだな?」

「マーケットで取引されているのは旧型だけなのよ。父が作った旧型のWANKOは特別でね。海華電信からみれば余計な機能だらけだったから、みんな外してしまった。とにかく、かれらからのメールのせいで、父は自分でWANKOを改造したくなったんじゃないかな」

ダニエルは、汚れたベッドに近づいた。

カバーを裏返して椅子に敷くと、その上に優雅な仕草で腰をおろした。コーヒーを飲み、デスクに鼻を近づけた。

「イチゴの匂いがする。ストロベリーシェイクは禁止されてたのに、やっぱり飲んでたんだ」

彼は笑った。ダニエルも笑っている。目がきらきらしはじめた。あのね、といった。

「父は、六年前にスイスの病院から脱走したのよ」

「車椅子で?」

「酸素ボンベ付きの車椅子で。スイスの病院は、私物の持ちこみ禁止で、玩具もアニメも禁止。父は我慢できなかったのよ。父の姉が日本にいて、病院を経営していたから、日本にいけばなんとかなると思ったんでしょう。定法の伯母様は、昔から父を甘やかしてたから。病室の空きがなくて、しばらく理事長室にベッドを置いてたの。ほんとに」

ワガママなんだから、というダニエルのつぶやきが聞こえた。

「でも、父は余命一年といわれて、五年と八ヶ月生きた。それも楽しく」

「五十億のお小遣いか」

「百億よ。家や別荘、国債、絵に株、車。売れるものはぜんぶ売った。服までオークションにかけた。残ってるのは、パジャマと車椅子とこのビルだけ。あの人、日本にきてすぐクレジットカードをとめられちゃったのよ。ロボットとロボット部品を大量に買ったのはいいんだけど、置く場所がないことに気がついて、カードでビルを購入したの」

ダニエルは大きな目をくるりと回して、肩をすくめた。

「引退したとき、『浪費しない』って宣言して、自分で利用制限をつけたのにすっかり忘れてるんだから。わたしに怒られるのが怖くて、何週間も秘密にしてたの。哲さんの奥さんに子どもと同じお小遣いをもらって、お菓子や、車椅子につけるちっちゃなお人形を買ってたんだって。信じられない」

ファインズのお人形が、ベッドの隙間にはさまっていた。箱形の古めかしいロボットだった。「みて」といって、ダニエルがてのひらで人形を温めた。

人形が変形をはじめた。胴体と腰がくっついて、博物館にあるようなジュークボックスに変身した。きらきら星のメロディが流れはじめた。

「形状記憶合金?」

ダニエルが微笑した。

「形状記憶合金と、可塑性合金の組み合わせ。父の手作りよ。子どものころ、これと同じものを作ってくれた」

幸せそうな表情から、なにか思いだしたのだとわかった。とびきり素敵な思い出が彼女の心を流れている。曲が終わると、ダニエルはハンカチでロボットをくるんでバッグにしまった。

「これは父の私物ね。つまりわたしのもの」

「ファインズが西蓮寺ビルを買ったのは、行き当たりばったりってことか？　計画して日本のビルを買ったわけじゃないんだ？」

計画なんてない、とダニエルは断言した。

「父は物から入る人だったの。直感的で、好き嫌いがはっきりしてた」

「セレコムズの経営者だったんだろ？」

「ええ。セレコムズは父のもの。でも経営してたのはセレディス・ホールディングスで、最高経営責任者は祖父、そして今はわたし」

思わず相手の顔をみた。ダニエル・マインコフに、ファインズの娘という以上の肩書きがあるとは思ってなかったのだ。彼女は、セレディス・ホールディングスの経営責任者のひとりだ。ファインズ財団の理事長を兼任している。どうりで会議のとき全員が出迎えたわけだ。

「父は、大家族の末っ子でかわいがられたけど、期待されてなかった。自分の興味のないことには見向きもしない子どもだったから、ビジネス向きじゃないと思われていた。父は、小さなアパートと、なんとか食べていけるちょっぴりの信託金をもらって大学に住みついた。ところがガーディアンズ社が成功したでしょう。親族たちは、父には投資価値があると考えてセレコムズ社を任せた。親族の銀行が融資して、経営はセレディス・ホールディングス。まあ父の見張り役ね」

「家族経営？」

「錬金術よ。投資家とイノベーターの結婚で、新しい黄金を作る。父は生まれたときからキャッシュフローの黄金の泉に浮かんでいたから、ほかのイノベーターよりずっと有利だった」

物件の話にもどった。

黒丸は、もし四年間ビルを保持する気なら、倉庫として貸しだすのはどうか、と提案した。もしくは工場として。見積もりをみせたが、ダニエルの反応は鈍かった。ビルの解体の見積もりを作ることになり、彼は荷物を片づけた。

一緒に玄関から外にでた。

エレベーターホールに、男が二人いた。

# □9　バッツ

「ハイ、ダニー」

スキンヘッドの大男は、獰猛《どうもう》な笑顔を浮かべた。麻のスーツの脇の下に、大きな汗染みができている。だいぶ前からここにいたようだ。

「呼びだしブザーは聞こえなかった?」

バッツの隣にいるのは、ダニエルを尾行していた男だ。みるからにビクついている。

「迎えにきましたよ、お嬢さん」

バッツは黒丸にむかって、あごをしゃくった。仕草は雄弁だった。消えろ。

「話は、遺言管理人にどうぞ」

ダニエルの冷ややかな声の音色が、ホールの空気を凍りつかせた。バッツは平気な顔をしているが、口のあたりが引きつっている。

「ダニー、昔馴染《なじ》みのバッツおじさんに、そのセリフはないんじゃないか。ゲイブのことで話がある。時間は取らせない」

ダニエルは、直通エレベーターを呼んだ。

だが、バッツが扉前に立ちふさがった。太い腕をダニエルに伸ばしたが、彼女はするりと身をかわした。バッツの手が空《くう》を切った。

「敷地からでていきなさい。これは警告よ」

おいおい、とバッツが両手をあげた。

「おれとしても、ゲイブのかわいい娘を相手に裁判を起こすなんていやなんでね。だがこれはれっきとしたビジネスだ。ゲイブは、海華電信が所有する特許を侵害した。その証拠もある。捜査が入るまえに、話し合う余地はあるんじゃないか?」

ダニエルが、黒丸にむかって説明した。

「例の海華電信の人間よ。バッツ」

バッツという名前を、糞《シット》と同じ口調でいった。黒丸は、言葉にこういう力があることをはじめて知った。

バッツの顔が熟《う》れたように赤くなった。黒丸のほうに手をふった。

「こいつを外にだせ」

連れの男が、黒丸の腕を掴んだ。黒丸は低い声でいった。

「乱暴しますか?」

目で、監視カメラの存在を知らせた。男がパッと手を離した。両手をあげたまま、うしろにさがった。

ダニエルはうんざりしている。

「警察を呼んで」

彼は、監視カメラに指を鳴らした。建物全体にアラームが響きわたった。

耳をつんざく音のなかで、バッツの口が動いている。バッツは、ダニエルに向きなおってうなずいた。背中をのばして衿をなおすと、やけに堂々と業務用エレベーターでおりていった。

・

「あの男、プレトリアのアメリカ大使館の武官だったのよ」

ガレージにとめた車のなかで、ダニエルが話した。

十五年前、南アフリカへの最後の家族旅行の話だ。ダニエルと母親が誘拐され、母親が殺された事件。当時のバッツは、アメリカ大使館付きの武官で、母親陸軍時代の同僚だった。ファインズ一家の旅行の日程も知っていた。

「その後、海華電信に雇われた？」

「麻薬の売買でタイで逮捕されたあとにね。あの刺青《いれずみ》は、タイの刑務所でいれたものだそうよ。わたしが子どもの頃、うちに突然きたの。誘拐事件の真犯人を教えるといって。家に入りこんだから、警察を呼んで被害届をだした。あの男、スイスとフランスには入国できないのよ」

「誘拐の犯人グループのひとり？」

ダニエルは、顔をそむけて髪をはらった。神経質になっている。

「わかっていてもどうにもならないことがある。公式には犯人一味は、逮捕時に抵抗して、全員が射殺されたことになってるから」

ダニエルの車を見送ってから、彼はバイクにのった。

帰社して報告書を書いたが、国際事業部のマツヤマは、療養中で会社にきてなかった。国際事業部の部長に報告書を送って、うちに帰った。

社主の事務所で会議をやることになり、黒丸も呼ばれた。カドノ部長と、品川支店の支店長がきていた。

社主専用の狭い部屋で、黒丸は、ダニエル・マインコフの要望を伝えた。

「うちの要望は伝えたのか?」

会社は、西蓮寺ビルを物流倉庫として仲介したいと考えている。西蓮寺ビルで利益をだせなければ、今期の赤字は確実だった。

「クライアントはビルの解体を希望しています。六階を放置していると、また死人がでるかもしれない、というのが理由です。金庫は、ビルから別の場所に移すそうです」

「金庫が開く見込みはないのか?」

黒丸は、金庫の仕組みを説明した。ついでにロボットの特許について。

金庫の中身が改造されたロボットだとしても、それを商品化できる企業は限られている。またロボットの認知システムに関連する周辺特許は、セレディス・セレコムズ社とファインズ財団がおさえているため、他社が同様の新製品をだすのは不可能だ。

部下のひとりが、言い足した。

「海華電信は半分がた潰れてます。公害訴訟を何百件もかかえてるんで、どこも救済しないでしょう。セレコムズも、海華が完全に潰れるまで待つと思います」

社主は腕組みした。黒丸にたずねた。

「金にならねえのに、命がけで忍びこむ連中がいるのはどうしてだ?」

「セレコムズ社から、ロボットの新製品をだすのを止《と》めたい、という理由かもしれません」

「海華の会長が命令してると？」

「セレコムズに新製品をだされたくないのは、海華電信だけじゃないでしょう。ロボットとは無関係に、六階には他に隠されていることがある気がします」

「いってみろ」

「改装費がかかりすぎてます」

そういったものの、黒丸は裏付けになる資料をなにも持ってなかった。施工業者を回って調べろ、と社主に命じられた。黒丸は、交通費の支給を頼んだ。

「国際事業部から、百万以上の請求書がきてるぞ。交通費もでてないとはどういうこった。なんに金を使ったんだ？」

「会議のケータリング費用、生花、会議用のお洒落《しゃれ》なスーツとブランドバッグ、タクシー代だと思います」

「あの女か」

男たちは、小声で話しはじめた。

シティサイジングは自社物件をほとんど持たず、仲介料とサービス料で稼いでいる。西蓮寺ビルは地の利がよく、業務用エレベーターが備え付けられていて、物流倉庫としては申し分ない。しかし、六階をどうにもできなければ、また事故が起きるだろう。社主もしぶしぶ納得した。

「……あんな六階がくっついてたら、貸しだすどころじゃねえな。バッツは金庫には何百万ドルもする金塊が入ってるといってたが。やっぱりガセか」

「金塊ですか？　ロボットじゃなく？」

「金塊だといってた」

黒丸は考えた。

ダニエルとセレコムズ社は、金庫の中身はロボットだと考えている。バッツは、金塊だという。どちらが正しいのか？

スキンヘッドの大男は、昔からファインズ親子にまとわりついていた。

黒丸は、慎重に口をひらいた。

「バッツという人は、うちの会社と、どんな関係があるんでしょうか？」

バッツと社主の関係が、ずっと気にかかっていた。

「貸し借りはない。安心しろ」

バッツは、シティサイジング社が西蓮寺ビルの契約を受注したあと、香港の取引先の紹介だといって売りこんできた。

身元の裏を取ったところ、紹介主はバッツの名前を聞いたことがなかった。バッツは、シティサイジングの香港の取引先を探しだして、勝手に名前を使ったのだ。バッツが金塊の話をしたから社主も調子を合わせたが、信用してない、といった。

「西蓮寺ビルに、警察を呼んだそうだな？」

「バッツと連れが一階のシャッターを破壊して、六階に侵入しました。ミズ・マインコフが警察を呼ぶようおっしゃいましたので、本社管理部が通報しました」

「バッツが壊したシャッターは、カギ部分だけか？」

色白の神経質そうな男がたずねた。経理担当者らしい。黒丸が「全損《ぜんそん》です」というと、顔が青ざめ、目が虚ろになった。西蓮寺ビルの経費で参っているようだ。経理担当者は、ぶつぶついいながら部屋をでていった。

「バッツの連れは?」

身元の洗いだしが、はじまった。

バッツの連れは、探偵社の人間とわかった。事務所の男たちはあちこちに連絡を取って、バッツが海華電信の正規の代理人でないことを突きとめた。海華電信が非合法の資金で雇った、表向きけっして認めない被雇用者だ。バッツはファインズの娘のストーカーで、スイスとフランスで何度も逮捕されていた。

問いあわせ中に、香港の知りあいから人捜しの依頼がきた。

香港の林元龍《ラムユンロン》という貿易公司の社長だ。バッツに部下一名を貸したが、かれらと連絡が取れなくなっているという。

「そういや、西蓮寺ビルで死んだ連中は銃を持ってたんだったな?　いつ日本にきた?」

「ラムによれば、三週間前に日本にきて、すぐ連絡が途切れたそうです」

目配せがかわされた。

「うちも、バッツにだれか貸してます?」

「いや、断った。あの男、頭がいかれてるんじゃないかって気がしてな」

社主は頬を撫でながら、室内を歩きまわった。

「ファインズのお嬢さんに、うちが、なにかできることがあるかもしれない、と申し出るのはどうだ？」

黒丸は笑いをかみ殺した。

「そういう提案をすれば、ミズ・マインコフは、即座に契約を打ち切ると思います」

社主は渋い表情になった。一挙両得を狙ったのだろうが、無理だ。

海華電信の内情が、話題になった。

海華電信は、会長が一年ほど前に入院して、息子が経営を引き継いだが、訴訟を抱えて業績の悪化に歯止めがかからない。株価は、紙くず同然まで値をさげている。

「会長が北朝鮮に視察にいって、そこで急病ってのは怪しい話です。副社長が金を持って逃げたという噂もあるんで。会長はとっくに死亡して、資産隠しの時間稼ぎをしてるんじゃないですかね」

「ラムユンロンとの関係は？」

「ラムのところに、バッツが売りこんできたそうです。自分は海華電信の代理人で、儲け話があるといって」

「うちと同じか」

社主は、部下たちの意見を聞いて火傷《やけど》しないことに決めた。西蓮寺ビル六階の死亡者二名のことを、香港に知らせろと指示した。黒丸にたずねた。

「マインコフはどうだ？　儲けはでそうか？」

黒丸は考えこんだ。

「マインコフ相手に儲けるのは、自分では無理です」

勝てない、というのは事実だ。ダニエル・マインコフは数字に強い。

六階抜きで解体の見積もりをだしたが、見込み利益まで読まれて修正したものを返された。そういうと、全員が笑った。

社主がいった。

「マインコフは、おまえを対等に扱っているということだな。ああいう大企業の人間にとっちゃ、うちみたいな下請けはその辺のゴミ箱と同じだ。見積もりを自分でチェックしたのなら、たいした女だ」

黒丸は考えた。ダニエル・マインコフが自分に声をかけたのは、定法の部下だという思いこみがあったからだ。ほかはおおむね社主のいうとおりだ。

「自分もそう思います」

社主は、監視カメラの映像を巻きもどした。バッツと向かいあっているダニエルの映像をみて感心している。

彼女はバッツと向かいあったとき、ひるんだ様子はみせなかった。動きにあわせて、立ち位置をかえている。暴力に対処する訓練を受けているのかもしれない。あの体付き、流れるような足さばき。

社主がたずねた。

「おまえ、うちの事務所に移る気はないか?」

「今の仕事で満足してますので」

社主は鼻で笑った。

「いずれここで働きたくなる」

部屋にいた男たちが、妙にやさしい表情で黒丸をみた。弟をみるように。昔の自分？　そうかもしれない。

彼は会社にもどって、解体工事の見積もりを書いた。

はじめてだったから、なにもわからない。事業部へいってベテランの社員に教えてもらった。

信託銀行の担当者と、ビルの取り壊しの日程について話しあった。

信託銀行の担当者は、彼を狭い会議室で何時間も待たせた。裕福な顧客に、みすぼらしい下請け企業の人間をみられなくなかったからだ。返ってきた見積もりは、予算の上限が訂正されていた。説明する時間も与えられなかった。黒丸は、社主の言葉を思いだした。ゴミ箱か。なるほど。

二十歳のときには、相手に見下されても気にならなかった。

自分が世間の底にいることがわかっていたからだ。すこし上昇して、その場所を見下ろすようになって、はじめて自分を見下ろしている他人がみえてきた。

これからどうする？　下か、上か。とどまるか？

信託銀行に勤めたいわけではない。面白い仕事がしたい、という欲がでてきたのだ。しかし面白い仕事がどこにあるのかわからない。上のほう？　おれに手が届くのか？

彼は、社主の事務所の有能そうな男たちのことを考えた。かれらが堅気《かたぎ》を捨てて事務所に鞍替《くらが》えした理由がぼんやりわかった。

# □10　解雇

週末、黒丸は、本店に呼ばれた。夏休み休業の三日前に、国際事業部のマツヤマがようやく出社したのだ。

黒丸は解体工事の打ちあわせだと考えて、資料を持って本店にでかけた。

「今ごろきたのか」

国際事業部の部長は五十手前だが、ハリウッド俳優のような見目《みめ》うるわしい長身の男で、外国人富裕層の客を担当している。女癖は悪いという噂だが、仕事はできる。

ふだんは温厚な男は、みるからに腹をたてていた。

部長は、黒丸が渡した資料を、手で払いのけた。コピー紙が室内に散った。部長は、報告が遅れた理由を黒丸に問いただした。シャッターの破損、監視カメラの損害、取引先に与えた損害とカードキーの盗難は、おまえの責任だといった。

黒丸は、ぽかんと聞いていた。なぜ今ごろ責められるのかわからなかった。

担当のマツヤマは脚を組んで座り、叱責される黒丸を、薄ら笑いを浮かべてながめている。

黒丸は、唾液《だえき》を飛ばして怒る部長の口もとをみて、相手がいいたいことを考えた。国際事業部部長の顔を、ふと気弱な表情がかすめた。彼に責任がないことを、承知の上で叱責している？

黒丸は、たてかえた監視カメラの代金についてたずねた。事務所で確約してもらったが、経費は払い込まれてない。支店では本店に請求しろといわれて、本店の経理課に請求すると、国際事業部から書類が届いてないため、払いもどしできないといわれた。

「監視カメラの代金を」

罵声《ばせい》が返ってきた。部長は、監視カメラはおまえが勝手に彼が取りつけたものだから払えない、払ってほしいならやめろ、といった。

「解雇してもらえるのでしたら」

「退職しろ。自分で責任をとるのは、当たり前だろう」

「解雇予告手当の支給が、条件です。一筆書いてください。退職願いを書きます」

相手の顔全体が、うっすら染まった。やった、という表情。部長は、ちらっとマツヤマの顔色をうかがった。この一言を引っぱりだすために、彼を叱責したのだと気がついた。

「監視カメラの代金は払ってやる。とっととでていけ」

国際事業部部長のメモをポケットに、黒丸は支店にもどった。

上司は外出中だったから、メッセージとメモのコピーを未決ボックスにいれて、引継ぎ作業をはじめた。契約社員は入れかわりが激しい。引継ぎはボタンひとつで済む。

以前から用意していた退職のメッセージに、日付を打ちこんだ。社内に一斉送信して、総務に会社支給の端末と社員証を返しにいった。経費の精算と労務関係の書類を頼んだ。

総務カウンターの社員が、おそるおそるコンソールの受話器を差しだした。

「社主からですけど……」

彼は人差し指を唇にあてて、自分を指《さ》して外にふった。おれはもうでていった、そういってくれ。バイクで、ねぐらにもどった。

寝床を解体して、ゴミ袋に放りこみ、バックヤードのドア横にゴミ袋を並べた。十分もかからなかった。荷物はまとめてある。パスポートは用意した。作業しながら、いろんな思いがわきあがった。怒りで興奮していること、自分が感傷的になっていることに驚いた。

国際事業部の部長が、彼に責任を押しつけた理由は想像がついた。おおかた、マツヤマのビル持ちの親から苦情がきたのだろう。やめる手間が省《はぶ》けた。

そう思いながら、虚しさで胸が波立った。

三年という時間のせいだ。あまりにあっけなかった。気持ちの切りかえは、もっと簡単にできると思っていた。そんなに簡単なものではないとわかった。

荷物をバイクの荷台にくくりつけて、もう一度本店にいった。地下一階の清掃部門で、タカギを探した。タカギはまだ現場だと教えられた。タカギのロッカーに、バイクのキーと店のキー、ヘルメットをいれて本店をでた。

なにをするあてもなかった。ただ、気持ちをしずめたかったから、山手線の最後尾の車両にのった。一周するあいだ、個人用アドレスを変更して、新しいアカウントを登録した。都内を検索して、検索範囲を台湾、韓国、香港まで広げた。台湾のメーカーの求人広告にメールを送った。

新宿でおりて、『千のピンク』の従業員口から入った。

店は、リハーサル中だった。ホールから、ステップを踏む音や手拍子が聞こえてくる。ドアのところで待っていると、ピンクのガウン姿のオーナーがステージからおりてきた。

荷物を抱え、Tシャツにジーンズ姿の彼をみて、何が起きたかすぐ察したようだ。

「退職したんで挨拶《あいさつ》に。世話になったから」

日本をでれば、戻る理由はない。会うのは最後だろうから、顔をみにきた。そういった。

「あんたがいないと、女の子たちが寂しがるよ」

オーナーは、太い腕を彼の肩にまわした。彼女の丸い肩と腹のでっぱりが、気持ちよかった。

母親を選べるならこの女がいい。

引きとめられて、彼は首をふった。宿を探さなければ。レンタルルームに預けた荷物のことが頭に浮かんだ。日本をでるなら、あれを処分しないと。痛みが身体を走り抜けた。

「従業員用の部屋が空《あ》いてるから、職が決まるまで泊まればいいよ。男は泊めない主義だけど、あんたは安全だから」

安全？　そう、店の女たちは彼の不能を知っている。

だが店のスポンサーはどう思うだろう？

「こっちだよ」

階段の前でオーナーが手招きした。四階の物置がわりの部屋に彼をつれていった。

オーナーの指示で、積《つ》みあげられた道具やダンボール箱をおろすと、荷物の下から簡易ベッドがでてきた。その夜は、バックヤードを手伝いながら、一晩中演奏を聞いていた。

『千とピンク』は女の城だった。

野良猫なのか飼われているのかわからない猫が、そこら中をうろうろしていた。彼は機械を修理して、雨樋《どい》の詰《つ》まりをなおした。物置部屋にこもって求人情報を探していると、だれかしら邪魔にきた。猫だったり女だったり。最初にエントリーシートを送った台湾の会社は返事がなかった。ほかの求人広告を探した。

セレディス・セレコムズ社の求人をみつけた。条件の欄は空白で、数学パズルが置いてあった。解を入力した。次の問題がでてきた。マグカップを手にしたアメリアが、肩ごしにのぞきこんだ。背中に、彼女の乳房のふくらみが軽く触《ふ》れた。

「ゲーム?」

「求職活動。これを解くと、エントリーシートがでてくる」

エントリーシートに書きこむ前に、彼はためらった。結局、使い捨てのウェブメールのアドレスを送った。

女たちは彼の狭いベッドに座って、猫をなでながら世間話をしている。彼は、レンタルルームの荷物について考えた。業者の処分費用は、予想より安かった。だが、どうしても依頼ボタンが押せなかった。

たったひとりの家族だった。彼女が生きていた証《あかし》を消せば、彼女は本当に消えてしまう……。

ダンサーのひとりが、彼に声をかけた。

「犬と猫、どっちが好き?」

「犬だ。一緒に走れる」

犬を飼うのもいいかもしれない。ペット可の部屋に住んで、犬を飼う。その思いつきが気にいった。犬のシェルターで、おれみたいな捨て犬を探せばいい。

強いノックの音がした。

ドアをあけにいくと、男の客が立っていた。いずれだれかくるだろうと思っていたが、今、戸口に立っている男は、予想してなかった。

セレディス・セレコムズ社の保安主任。ブルーのワークシャツ姿だ。

保安主任はなにかいいかけて、部屋いっぱいの半裸の女たちに気がついた。口がぽかんと開いた。四人か五人の女たちが、ベッドに腹這いになったり腰かけて、短いガウンからどこまでも長い脚をのぞかせている。舞台の前だから、まだ衣装は身につけてない。

パウダーがはたかれた肌が、真珠色に輝いている。乳首とバタフライの繊細な鎖がきらきらと輝いた。透けるガウン、桃色の肌と虹色の化粧、輝くリップに照らされて保安主任の顔が赤くなった。

女たちは開店準備のためにでていった。猫を抱いて戸口を通りぬけながら、保安主任に指や手、足で触《ふ》れていった。女たちがでていったあとも、甘い気配がただよっていた。

「こんなところでなにをしてる?」

「そっちこそなにしに?」

グラスをだして、水を注いだ。保安主任は、汗をかいている。彼は椅子をすすめて、自分は猫の毛だらけのベッドに腰をおろした。

やめた理由について聞かれたが、質問で切り返した。

「どうやってこの店をみつけた?」

「エントリーシートだ。あれを解《と》いて名前を書かない人間がいるとしたら、おまえだろうと思った。ＯＳとブラウザが一致して、接続ポイントからおまえの担当先だと見当をつけた。案の定だった」

「おれをつり上げるための偽求人募集？」

「いや、通常の求人募集広告だ。応募するなら本名を書け。アーウィン・ウェイからの連絡は？」

「ウェイ？　いや」

「仲がいいんだろう？」

ウェイについて何度も聞かれた。ファインズ邸の仕事以前から知りあいか？　ちがう。ウェイから頼まれごとは？　ない。

暗い予感が、嵐《あらし》の雲のように広がった。

「ウェイになにかあったのか？」

保安主任は、ウェイと二人でファインズ邸に閉じこめられた日のことを、最初から話してくれといった。カードキーが強奪された日だ。

黒丸はひとつ思いだした。

「ピザを注文したとき、あいつは嘘をついた」

注文する前、ウェイはエレベーターホールにいた国際事業部のマツヤマに、トッピングの好みを聞きにいった。『彼女はいらないってさ』といった。だが、ウェイが聞きにいく三十分前にマツヤマはビルの外にでていた。防犯カメラには、エレベーターホールでだれかに電話するウェイの姿が映っていた。ピザを受けとりにいったのも、ウェイだ。

「ウェイが、一階の防犯シャッターを解除したということか？」

さあ、といったが、答えはわかっていた。カードキーの待機役がいないと知っていたら、黒丸はすぐ外にでたろう。あの家は危険だ。しかし、ウェイは落ちついていた……。

「あいつは、逮捕されたのか？」

保安主任は無表情だったが、目の光がきつくなった。激しい焦燥が感じられた。頬がこけて、徹夜を何日もつづけたように消耗《しょうもう》している。

「なぜそう思う？」

「あんたが、おれを疑わないから。ウェイがロボットを盗んで逃げたのなら、警察と一緒にきたはずだ」

「仕事にもどる気は？」

「シティサイジングに？　いや、日本を離れる」

「保護観察期間が終わったからだろう？」

予想どおり保安主任は知っていた。

「ハッカーだったときは、どこに侵入した？　クレジットカードか？」

「話せない。あんたが仕事内容を話せないのと同じで」

黒丸が今も生きていられるのは、守秘条項の書類にサインをしたからだ。政府機関や企業の奥で、彼はみるべきでないものをみた。待遇のいい医療少年院にひとりだけ送られたのは、そのためだ。

黒丸は立ちあがった。送りだそうとしたのだが、保安主任は座ったままだった。ハンカチで顔の汗をぬぐった。

「これから話すことは、口外しないでくれ」

保安主任は、ウェイが行方不明になったと話した。

昨日の朝、ウェイの兄から会社に連絡があった。弟がファインズ邸をのぞきにいくといってでかけた。朝になっても帰宅しない。応答もない。

セレコムズ社のスタッフと、ダニエル・マインコフが、ファインズ邸に向かった。

防護シャッターがあがっていた。邸内に人はいなかったが、窓のある部屋に、ドア固定用の鋼鉄製の枠《わく》が転がっていた。ウェイの兄はひどく動揺していた。問いつめたところ、弟に頼まれてファインズ邸への侵入を手伝ったと白状した。シティサイジングの担当者からカードキー入りのバッグを奪った、と。

弟《ウェイ》はシティサイジングの保安室をハッキングして、監視カメラを無効化した。深夜にウェイがファインズ邸に侵入していたあいだ、ウェイの兄はカードキーを持って玄関前で待機していた。三時間待ったが、弟はでてこなかった。家のなかは真っ暗で、彼は不安になった。カードを玄関前に置いて、思い切って家に入った。だが、弟をみつけることはできなかった……。

「ウェイは、『金庫をあける方法がわかった』と兄貴に話したそうだ。自信があったらしい。ウェイの部屋、アーカイブ、通信記録や金銭関係を調べたが、外部の人間から依頼されたり、金をもらった証拠はなかった」

「海華電信との繋がりは?」

保安主任は頭をふった。

「あそこは倒産寸前だ。ウェイも知ってる。ウェイの兄のパトリック・ウェイの身辺も調べたが、海華電信とは関係がなかった」

「誘拐されたということは？」

保安主任は「ない」といった。耳のうしろのジャックをみせた。

「ここにGPSが入っている。この信号は、止められない。最後の発信はファインズ邸からだ。そこで消えた。大学から資源探査用の装置を借りて、天井裏と壁の裏を調べたが、人間はいなかった」

「電波遮断室は？ どんな状態だった？」

「なにも。異常なしだ」

保安主任が、撮影動画を送ってきた。彼はヘッドセットをかけて室内の画像をながめた。室内はきれいなものだった。ウェイの持ち物はなにもない。画面にデスクがあらわれた。

「デスクをズーム」

画面を拡大した。デスクにはなにもない。コップの跡《あと》も、指輪の跡も残ってなかった。

「デスクがきれいすぎる」

「どういう意味だ？」

黒丸は、説明した。

「おれが最後にみたとき、電波遮断室のデスクとベッドは汚れていた。最後というのは、ダニエル・マインコフとビル解体のミーティングをしたときだ。ファインズがカップを置いたあとや、メモ書きだらけでデスクは汚れていたんだ。ベッドにも、おれとウェイがひっくり返したピザソースがついていた」

カバーはダニエルが座るときに使い、使ったあとはベッドの下に放りこんだ。そういった。

「カバーはなかった。そういえば」

保安主任は、画像をのぞきこんだ。

「ゲイブの落書きは、薄く残っている。トマトソースはない。コップの跡も」

保安主任の顔には、どこか夢をみているような表情が浮かんでいる。

「だれかが、掃除したということか。なんのためだ？　ウェイになにが起きた？」

黒丸は、両手を組み合わせて寒気をこらえた。考えたくなかった。

「あそこには医療マシンがある。電磁波発生装置が」

保安主任の頭が、かすかに上下に揺れた。

「ウェイと調べたとき、コンパネをみつけた。ウェイは電源を入れようといったが、おれは反対した。あの部屋は、完全じゃない。部屋のコンパネからチップが外されていて、なにが起こるかわからない」

彼は、医療マシンにセーフティをかけて部屋をでたことを話した。マシンのライトがもし赤なら――、ウェイが電源をいれたということだ。

「ウェイは、どこにいると思う？」

黒丸はためらいがちに口にした。

「……ファインズ邸のすべての部屋には、スプリンクラーと排水口がついている。実験のあとは、自動的に清掃されるんだと思う。ウェイによれば、ベッドとデスクの周辺は、シールドが上下からでてきて、保護されるそうだ。ファインズのデスクは汚かった。もし、今、デスクがきれいだとしたら……」

「電磁波の照射前に、シールドがでてこなかったということか」

保安主任のいかつい顔から血の色が消えた。紙のように白くなった。

「排水口が開いたところは、だれもみてない。つまり排水口のサイズはわかってないんだ。地下にはコジェネの発電機と焼却炉、大型の廃水処理施設がある」

保安主任は、呆然としている。

魂の抜けた人間のように立ちあがって部屋をでていった。黒丸は声をかけなかった。黙っていかせた。

# □11　復帰

ビル内の捜索がおこなわれた。

黒丸は警察に呼ばれて、証言をした。

ビル地下の焼却炉は、ビルの以前の持ち主の霊園業者が設置して、都の認可を受けていた。霊園業者がつけた炉は大型のペットを焼却するためのもので、人間サイズの死体も焼却できた。ファインズは霊園業者の法人ごとビルを買いとり、新しいコジェネ発電機をいれた。焼却炉を、実験ででた廃棄物の処理に使っていた。

実験が終了したあと、焼却灰の回収業者はきてない。炉にのこった焼却灰から、セラミックスの破片がでてきた。セレコムズ社のスタッフが、会社支給のヘッドセットの部品の一部だと認めた。

吠《ほ》えるような悲鳴が、あがった。

焼却炉の前で、男がひざを折って泣き崩《くず》れた。ウェイの兄だ。警察官に両脇から抱えられて外へ連れだされた。

黒丸もビルの外にでた。シティサイジングの元同僚らが、歩道に集まっている。かれらから、国際事業部のマツヤマが、上司と結婚して会社をやめた話を聞かされた。今の西蓮寺ビルの担当者は、品川支店の支店長だ。

社主の事務所の男が、こちらをみていた。こい、と手招きされて近づいた。

「前の二倍の給料でどうだ？」

黒丸は首をふった。交渉しようとした相手をとめた。

「この仕事だけでしたら、受けます。ビルを壊すところまで見届けたいので」

事務所の男は数秒、黙っていた。フリーランスで契約することにして、報酬の話に移った。

黒丸は確認のため、たずねた。

『千のピンク』は、社主の店ですか？」

「ボスの奥さんの店だ。正確には元奥さんだがな。だれから聞いた？」

「泊まるようすすめられたときに、気がつきました。おれの世話を頼んでくれたんですね？」

相手の双眸が、並んだ三日月のように細くやさしくなった。笑っている。鈍《にぶ》いよ、といっている。

「事務所に移すつもりで、おまえを店の担当にしたんだ。女ができりゃ、金が必要になると思ってな。ほんとに女房は入院してるのか？」

「はい」

いろんなことの辻褄《つじつま》があってきた。

ずっと試されていたわけだ。

国際事業部の部長は、女専門の懐柔《かいじゅう》要員だという話を聞いた。片手で余《あま》るほど離婚歴があり、女に捨てられる方法を心得ている。

「マツヤマの処理は、まあ狙い通りにいったわけだ。おまえには、とんだとばっちりだったな」

ウェイの兄は、両脇から支えられながらパトカーに乗りこんだ。目も口も虚ろで、顔は灰を

塗《ぬ》ったようだ。

　黒丸は舗道で、ウェイの兄が乗ったパトカーを見送った。

　翌日から、黒丸は西蓮寺ビルの担当に復帰した。社員ではなく、フリーランスとして。『千のピンク』からワゴン車を借りて、元のねぐらに荷物と簡易ベッドを運んだ。椅子は店に置いてきた。毎晩、足を伸ばして眠れるようになった。

　以前の暮らしに戻るのは、不可能とわかった。彼は脱皮するように自分を一度捨てた。古い殻《から》に、むりやり身体をはめ込もうとしても、もう入らない。変わってしまったのだ。

『千のピンク』の店には、ほぼ毎日でかけた。

　店のスポンサーの公認だったから、気兼《が》ねする必要はなかった。仕事が早くおわった日は、着替えてから店にでかけた。

　楽屋のすみに自分の椅子をおいて、うつらうつら居眠りをした。店がはねると、彼は起こされて、車で女たちを送っていった。

　西蓮寺ビルの仕事は、予想していたより手強《ごわ》かった。

　社主の事務所では毎日ミーティングがひらかれて、そこで方針がたてられた。彼は資料を受けとり、関東の施工業者を回った。新幹線で名古屋へいった。解体工事を受けてくれる業者はなかなかみつからなかった。

　金曜の夜、彼は七時のステージに間に合わなかった。

　楽屋の椅子に腰かけて、次の出番を待ちながら、いつものようにうとうとした。身体が傾いていったが、どうしてもまぶたが開かなかった。寄りかかれる場所があった。弾力があっていい匂いのするなにか。うっすら目覚めたとき、身体は完全に横倒しになっていて、頭はだれかの温かいひざに載《の》っていた。

髪をなでられて、彼は母親の夢をみた。顔を知らない母親は、夢のなかでも知らない女だった。目をさますと、全身がダンサーたちのちくちくするストールで埋まっていた。ストールを巻きつけてステージにあがった。

見積書は難航した。ビルを解体する施工業者が決まらなかった。

信託銀行が名前をあげた大手は、どこも断ってきた。事件前から、西蓮寺ビルは悪名高かったのだ。ファインズのお化《ば》け屋敷として。

ファインズは、改装のたびに業者をかえて、異常に細かい注文をつけた。

国内だけでなく、海外からも業者を呼んだ。目の玉が飛びでるような高価な建材を使って、ミリ単位の誤差も許さなかった。都内の主な不動産会社と工務店は、みな施主のファインズに懲《こ》りていた。六階の部屋がどれだけ手強いか知っていたのだ。唯一それを知らなかったシティサイジングが、管理を受注した。ようやく彼にもわかってきた。

結局、古い付きあいの業者が、納期をのばすことを条件に解体工事を受けた。彼のはじめての工事発注書が書きあがった。

ファインズの遺言状の検認《けんにん》手続きは、今月末、終了する。それを待ってダニエル・マインコフは、契約書にサインすることになっている。工事がはじまったときには、ダニエルは帰国しているだろう。

六階のファインズ邸を封鎖する前、彼は消防署の許可を得て、ただひとつの窓を鉄板でふさいだ。警備システムのスイッチをいれて、新しい外付けのカギを取りつけた。

日曜の朝、ランニングからもどると、店の裏口の前でダニエルが待っていた。

・

ダニエルは、バックヤードに置かれた薄汚れた簡易ベッドと、飲料の空箱をみまわした。

「奥さんをどこに隠してるの?」

「入院中だ。尾行は?」

「なし。最近あの男をみかけない」

バッツは、今、香港にいる。

社主が香港の林元龍《ラムユンロン》に知らせて、ラムが迎えの人間を寄こしたのだ。

バッツは、ラムから借りた男たちを、ファインズ邸に忍びこませた。二人ともそこで死んだが、バッツはそのことをラムに黙っていた。

バッツは二度と香港からでられないだろう……。

黒丸は、ビニールカーテンで囲ったありあわせのバスルームで、シャワーを浴びた。

シャワーからでて、物陰でジーンズをはいてシャツをかぶった。向きなおると、ダニエルがスーツ袋にいれて吊した彼の服を調べていた。

「いい服ばかりじゃないの。どうして着ないの?」

「ビールでいいか?」

ダニエルは、埃をかぶった酒棚をながめた。バーボンを、といわれて、バーボンの封を切った。

グラスを用意するあいだ、ダニエルはビリヤード台を調べた。

今夜の彼女は、皇族が着るような袖なしのお堅いワンピースを着ていた。細身の身体は、背中が弓の弦《つる》のようにのびて、胸が盛りあがり、腰は弾んで目に心地よかった。

黒のサンダルが、形のいい長い脚を宝石のようにみせていた。紐をよりあわせたようにみえる小さなサンダルに、どうしてそんな効果があるのか不思議だった。

ダニエルがカウンターの前を通ったとき、南国の花の甘い香りが鼻をかすめた。彼の胸がわきたった。

「業者を探すのに苦労したって聞いた。父は、東京中の改装業者と工務店に嫌われてたんだってね」

彼は埃だらけのカウンターを拭《ふ》いて、グラスをおいた。自分のためにジンジャエールの瓶のフタをあけた。

「嫌われてたってのは、お世辞《せじ》だな。憎まれてた」

ダニエルは微笑した。

施工業者は、ファインズは偏執狂だったと話していた。『やり直し、やり直し、やり直し』毎日、車椅子で現場に押しかけてくる癇癪《かんしゃく》持ちの老人を、作業員たちは怖がった。老人はロボット犬をつれていて、犬が現場をレーザー測量して手抜きをみつけた。工事がすべてやり直しになることも珍しくなかった。ファインズはカタコトの日本語を話せたが、興奮するとフランス語になった。全体の図面を決してみせようとしなかった。

「玩具《おもちゃ》の好きな甘いパパって話だったな?」

「仕事では完全主義者だった」

「用件は？」

「これを。今さらなんの役にたつのかわからないけど」

ダニエルが、小さなビニールパッケージを放ってよこした。なかに黒い小さなチップが入っている。

「哲さんが返したの。電波遮断室の入り口のブラックボックスからチップを抜きとったのは、あの人よ」

ダニエルは、キューを手に取った。ビリヤード台の周囲を踊るような足取りで歩きながら正確なショットを決めた。

彼はスツールに腰かけて、小さなチップをながめた。電波遮断室のチップ。

これがあれば、ウェイは死なずにすんだかもしれない……。

「定法は、なぜ入り口のチップを外した？」

「哲さんは、西蓮寺ビルには立ち入り禁止だった。あの人は、身体中にデバイスを埋めこんでいるからシステムに干渉する、というのが父のいった理由。でも、父がレスキューを呼んだ夜は、哲さんが指名された。父を病院に搬送《はんそう》する前、哲さんは車椅子を探した。でもその夜、電波遮断室はあかなかった。今からちょうど一年前よ」

ダニエルは手を止めて、ショットの角度を考えている。

黒丸は、電波遮断室のドアのことを考えた。定法は、システムに登録されている。チップを外す前なら、定法にはドアをあけられたはずだ。

だが、電波遮断室のドアはあかなかった――。なぜ？

「次の日、哲さんが六階にいくと、電波遮断室はあいていた。室内には、焼けこげた車椅子があったそうよ。それで、哲さんは、あの部屋は危険だと考えた。父が帰国したあと、哲さんは電波遮断室の入り口のチップを外して、出入りできないようにした。あなたがあけちゃったけど」

「定法哲は、ビルについてどういってる？」

「同じよ。すぐ解体しろって。簡単に解体できるものなの？」

簡単ではなさそうだ。下見にきた解体業者が、途方にくれていた。

通常のビル解体では、屋上に重機をのせて、カッターと呼ばれる機械で、鉄骨を切断しながら崩す。しかし西蓮寺ビルの六階は補強されていて、カッターが使えないかもしれない、と部長のカドノが話していた。

ダニエルはキューをかまえ、丸い小さな尻を持ちあげてショットを決めた。

その瞬間、女の肢体はしなやかに張りつめて、やわらかなバネになった。手玉が転がり、跳《は》ね返りながら次々とボールを落としていった。

「ウェイは、なぜひとりであけようとしたの？」

「謎ときしたかったんだろう」

答えは推測できた。

黒丸は二度、ウェイの目の前でドアをあけた。二度目はダニエル・マインコフの前で。離婚を考えている裕福な美しい女。もうすぐ市場にでてくる超優良物件だ。だが、それはいえない。

「四年待てないのは、なにか理由があるのか？」

セレコムズの業績は、順調だ。金庫の中身がなんであれ、四年待っても問題はないように思える。

「あんたの離婚と関係があるとか？」

ダニエルの視線が、ちらりと彼の顔をのぞいた。やはり心のうちをのぞかせない目だ。

「ポールダンスはまだしてる？」

「週に一度」

「あなた、アメリアから、下着のセットを割り引きで買ったそうね。値段を聞いてあなたがすごく悩んでいたから、彼女、特別に安くしたといってた。次の週、あなたは結婚指輪をはめてきた。とてもうれしそうで、輝いてたって。でも何ヶ月かして、あなたは突然笑わなくなった。痩《や》せて、服装にも気をつかわなくなったそうね」

痛みの波が、身体を走りぬけた。彼は背中を向けて空瓶を片づけにいった。女はバックヤードまで追ってきた。

「みんな、あなたが奥さんと別れたんだと考えたの。部屋に誘った女の子がいて、あなたはきたけど、なにもなかったんだって。インポテンツ？」

彼は、店で、ダニエルが彼の股間をつま先でおさえたことを思いだした。からかったにしては長すぎた。ダンサーたちの噂話を確かめるためにやったのだ。

「奥さんは、どこの病院に入院してるの？」

彼は考えた。

「もう知ってる。そうだろ？　おれのプライバシーを聞きだして、なんの役にたつ？」

「まだ手札を隠してるでしょう？」

「おれをいたぶっても、金庫はあかないと思うがな」

倉庫の暗い空間をへだてて、彼は、女とにらみあった。

喋りたいという欲求が喉までせりあがった。

「奥さんは、入院中じゃないんでしょ?」

声にをだそうとしたが、喉は腫《は》れて詰まったようになっていた。目の奥に熱いものが集まって、世界がぼやけていった。「あんたの父親と同じだ」と答える声がした。おれが喋っている。

「あんたの父親と同じ場所にいる。病院からもどってこないなら、入院だろ? 面会できないってだけだ」

ダニエルの身体を押しのけて、洗面所に入った。洗面台で顔を洗った。タオルを手探りしていると、手に布がわたされた。甘い香りのする大判のハンカチだった。

脇腹に、やわらかい重みがかかった。ダニエルは、彼の脇《わき》から手をのばして、洗面台のボディソープを取った。ブランド名を確かめている。

「奥さんが使ってたのね? このサイズのボトルの値段を知ってる?」

妻と同じ香りのする女が、彼に身体を押しつけて立っている。知っている、と彼はいった。高価なボディケア商品だ。使っている女はめったにいない。女の体温が脇腹の生地ごしに伝わった。

今ふり向けば、抱きしめられる。

「あなたの態度が、日によってちがうから不思議だった。来日してすぐの頃、わたしはシャンプーとボディソープを、従兄の病院で買って使っていたのよ。仕事には香りが甘すぎるから、変えたけど。これを使ってる女が近づくと、あなたはそわそわするのね? 目を閉じれば、わたしを奥さんと錯覚する?」

「いいや」

「試して」

女は、髪に指を差しこんで持ちあげた。

ほっそりしたうなじと肩、折りまげられた腕の角度が、彼を魅了した。ダニエルが軽く頭をふると、金と褐色のまじりあう巻き毛から、楽園の花々の香りがこぼれおちた。洗い立ての肌の清潔な匂い。喉《のど》もとの翳《さ》りとくぼみ。鎖骨の優美なカーブに目が吸い寄せられた。

アクセス許可をだしている女がいる。アクセスできる。

彼は、自分の腕を自由にしてやった。両手と肩が、女へと流れだした。

目を閉じて、果物のような頬を、てのひらでつつんだ。温かい息づかいと芳香にひたりながら、親指で唇のふくらみにふれた。頬は温かかった。サテンのように滑《なめ》らかにみえた肌は、触《ふ》れた瞬間溶けててのひらに吸いついた。

指の先端以外を浮かせて、親指でそっと唇の縁《ふち》をなでた。女の呼吸が深くなった。えり首の肌と、衣服の接した肌をたどって、肩に腕をまわした。

失った女と同じ香りがした。髪に鼻をうめて、胸いっぱい吸いこんだ。肌の感触はちがう。弾力と、深いところから立ちのぼる体臭も。濃密でジューシーな若い女の匂いがする。腕におさまる細い身体は、筋肉質で中身が詰まっていた。妻の華奢《きゃしゃ》な細さが恋しかった。いないのだということを思い知らされて、腕を放した。

「あんた、なにしにきた?」

女が、彼の手首をつかんだ。そのまま、右手を両脚のあいだに引っぱった。彼の頭に血がのぼった。スカートに包まれていた太股に手をすべらせると、レースの輪に指がひっかかった。下着のあいだに、素肌の領域がある。店で買った高価な下着を身につけているのだ。ガーターベルトの構造を思い浮かべ、それにしては相手がまるで興奮してないと考えた。

「指をいれてみて」

彼は手を差しいれた。ダニエルが左足をあげて、彼の腰にからませた。下着の縁から指をすべりこませて、柔らかく複雑な構造を探った。そこで彼はパニックになった。みつからない。だが、ひだを辿っていくうち、潤いが指先に触れて、ようやく入り口に辿りついた。女にうながされて、中指をすべりこませた。

「もっと深く」

人妻にしては窮屈だ。困惑しながら指を押しこんだとき、突然、痛みが襲った。指になにかが食いついている。いや、閉じているのだ。膣《ちつ》が。第二関節の下からはさみつけられて、動かせなくなった。彼は驚愕《きょうがく》した。指が抜けなくなった。

「抜ける?」

なんとか指は抜けたが、そのときには彼は汗だくになっていた。

バーにもどって、椅子に腰をおろした。気が動転していた。永遠に指が抜けないのではないかと焦《あせ》った。

ダニエルが、ジンジャエールの瓶を手元によこした。ウォッカをグラスにあけて、ジンジャエールで割った。ダニエルは、自分のグラスにバーボンを注ぎたしている。右手の指から、彼女のにおいがした。シャツでそっと拭いた。

「さっきのは？」

「膣痙攣《ちつけいれん》よ」

「いつから？」

バカね、とダニエルは笑った。

「二十一で、結婚するまで処女だったのよ。ボディガードに監視されながら、車の後部シートでセックスできると思う？　結婚してはじめて、自分の身体がひらかないことを知った」

ダニエルは、可能な治療はすべて試したといった。夫婦でカウンセリングに通い、医療品を使って性交した。結局、夫が受けいれて、互いの努力で夫婦関係は安定している。しかしファインズが死亡すると、夫は人工授精で子どもをつくろうといいだした。妊娠と出産によって、彼女が変わることを期待したのだ。

「わたしが拒否した。子どもはほしい。でもなにか……、抵抗しているの。わたしの身体が、他人を拒絶してるのと同じなにかが。生まれた子どもを、もし、愛せなかったら？」

「ファインズには話した？」

「すこしだけ。父の最後の半年間は、子ども時代の幻影だった。わたしを伯母だと思いこんでいた。でも、ときどき明晰《めいせき》さがもどってきた。父は、わたしの性行為拒否は、母の事件のあとで受けた治療が原因かもしれない、といった。誘拐事件のあと、わたしのショックが大きすぎて、このままだと後遺症が残るといわれたから、心の痛みを回避する治療を受けた。父も似たような治療を」

「どんな?」

「わたしは、記憶を書きかえる治療を受けた」

ダニエルはまばたきした。スツールに腰かけて、両手をひざの上にそろえて置いて、ぴんと背中をたてた。視線は前方にある。体臭までも変化した。甘い香りが尖《とが》って金属臭がまじった。恐怖の匂いだ。

「人の記憶は、復元、つまり完全に思いだしてから数時間のあいだ、書きかえが可能になる。母は、拉致《らち》されたあと、すぐ昏睡状態に陥って苦痛を感じずに死んだ——、事件直後、わたしはそういう偽《にせ》の情報を与えられた。

数年かけて、脳神経の損傷が——、心の傷は脳神経の傷だから、傷が癒《い》えたあと、洗脳がとけるようプログラムを組んだ」

「ニュースや報道には、どう対処した?」

「法的対抗策を。不愉快なニュースを流した報道機関の責任者とジャーナリストを、子どもへの、つまりわたしに対するハラスメントで訴えた。徹底的にやった。被害児童への人権侵害で告訴されるというのは、ジャーナリストにとっては致命的よ。個人ブログも訴訟の対象にした。だれもわたしのことを書かなくなった」

その裁判のニュースは、検索できた。

裁判所に出廷した十歳の少女は、黒のハイカラーのドレスを着た完全無欠のゴシック人形だった。赤く溶《と》けた鉄さながらに怒りで輝いていた。陪審員たちは少女の虜《とりこ》になった。メディアも。媒体への露出はそれっきりだ。

「洗脳解除はいつ?」

「思春期後半から。整理された事実で、出来事を再構成した。本当はうっすらおぼえていたから、偽の記憶よりすんなり頭に入った。母とわたしは、地元レストランの駐車場で武装グループに誘拐された。わたしは目隠しされて、小屋のような場所に放りこまれた。数人の男たちに身体を探られたショックと家畜の毛で、アレルギー発作をおこした。母が呼ばれて、小屋から家のなかに運びこまれて手当を受けた。手当といっても、荷物はなにもなくて、ただわたしをなだめただけ。そのときには武装団は姿がみえなくなっていた。

わたしは死にかけていて——、母が、誘拐の主謀者にレイプされたときも動けなかった。結局、父の共同経営者が、車でわたしを迎えにくることになって、わたしは助かった。でも、母はこなかった。現場の家に残って殺された。自分が、そのときなにもできなかったことは納得している」

平淡な声で語られる話を聞きながら、彼はダニエルの表情を観察した。

母親のアリヤ・ファインズは、金髪で長身の氷のような美貌の女だった。代々軍人の家で、将軍や国防省の幹部を輩出している。アリヤも陸軍士官学校をでた。国防省に入り、軍からMITに送られて、電子工学の学位を取った。情報将校として、ファインズの仕事の担当者になった。

アリヤは除隊してファインズと結婚し、家庭にこもった。子どもが生まれた。そして誘拐事件。発見されたアリヤの死体には暴行のあとがあったが、火災現場から発見されたため、損傷がひどく証拠となりそうなDNAは検出されなかった。

娘を迎えにきた男は、ファインズの共同経営者のひとり、サール・アイゼンだ。アリヤの愛人と思われていた。アリヤの死後ひどく落ちこみ、自宅で首をつって死んだ。

こうした人間関係が、誘拐事件となにか関わりがあるのか？

ダニエルの横顔はまるで氷だった。

心の動きがなかった。感情のスイッチを切っているのだ、と気がついた。オンとオフを切りかえできる治療を受けたのだ。必要なときに切って、脳と身体を保護する。

緑陰大学病院に入院していた子どもの頃、彼も定法から同じ行動療法を受けた。怒りを他人に向けない方法をおぼえさせられた。

「だけど、治療は完全じゃなかった。そういうことか？」

ダニエルは考えている。やがて硬直をといて、グラスに手を伸ばした。酒の香りをかいでグラスを押しやり、水を頼んだ。彼は飲料水のボトルをだした。

「父は、わたしは治るといった。もう安全なんだから、結婚生活もうまくいくだろうって」

しかし、彼女の身体はひらかないままだった。彼女と夫は、どこが悪いのか考えつづけたにちがいない。

「夫は、金庫の中身は、事件の記録かもしれない、といっている。事件の記録が、家にも銀行にもなかった。父方の祖父が、記録のハードコピーを製本したものを一冊作った。わたし用に。銀行の貸金庫に預けてたんだけど、それがなくなっていた。父が銀行から持ちだしたことがわかった。末期の父が死ぬためにスイスにもどってきたとき、記録本は荷物のなかになかった。緑陰大学病院にも」

その情報の重要性を理解できない彼に、ダニエルがいった。

「父は、事件のことをすべて忘れたの。干渉《かんしょう》療法で消した。あとで、記述記録を読んで頭にいれなおしたけど、細部は消えていた。父は事件前の家族の生活や、母と知りあったころのことも忘れた……。母の話は一切しなかった」

「ファインズが受けたダメージのほうが深かった、ということか？」

「わたしは選ぶ必要はなかった。でも父は選択させられた。妻か娘のどちらを見捨てるか。レイプされて殺されるほうを、選べといわれたのだと思う」

そして娘は無事に解放されて、妻は殺された。ファインズは、心が砕けたろう。

「ファインズは、完全に妻のことを忘れた？」

「出来事の記憶はあった。学校で教わる戦争の記述みたいに」

「リセットされたあと、ファインズはどう変わった？」

ダニエルは、水のボトルをもてあそびながら、うつむいた。髪が電灯の光にきらきらと輝きながら流れた。

「表面的には昔のまま。仕事面では、昔以上だった。でもときどき、ふさぎこんで口をきかなくなった。年に何週間かそういう時期があって、そのときは入院した。心が痛かったのね。なにも思いだせなくても。昔は――、事件の前はそんなことはなかったから」

「バッツが、真犯人を教える、といってきたのはいつ？」

「家に押し入ってきたのは、事件の五年後。わたしが十五歳のときよ。その前から、うちの周囲をうろついてた。わたしのストーカーよ。タイで、麻薬の売買で逮捕されて終身刑を受けたけど、四年で釈放。あいつが釈放されたニュースを聞いたときは、わたしはもう結婚していたけど、目の前が真っ暗になった」

「誘拐事件の記録が、もし電波遮断室の金庫に保管されているとして、あんたにどんな意味がある？」

返事を待つあいだ、彼はファインズのことを考えた。妻を失った男。しかし、その姿は、ゲーム屋の陽気な老人とは結びつかない。彼の思いは、同じように妻を失った自分自身に向かった。おれの記憶は失われてない。手をつないだ瞬間、身体を重ねた濃密な時間を、いつでも呼びおこせる……。

「本の内容は、知っている。わたしがおぼえていることと同じよ」

「中身を知っているのに、金庫をあける必要があるのか？」

「わたしが考えなかったと思う？」

当然だ。自分自身に何度も問いかけたはずだ。すべてが無益だとしたら？　苦労して金庫をあけて、なにも得られなかったら？

「治療のとき、重要なのは過程で、事実そのものじゃない、と教えられた。父が金庫に秘密を隠して、わたしに託《たく》したのなら、わたしが処理することに意味がある。中身が空っぽだとしても」

「解体工事は、延期ということ？」

聞きたくなかったが、聞かないわけにはいかない。相手がうなずくのをみて、彼の心は沈んだ。一刻も早くとダニエルにせかされたから、業者に無理押しで頼んだ。今さら遅らせてくれというのは気が重かった。信用問題になる。

「こちらで損失を補填《ほてん》する」

損失の問題ではないのだが。

厄介な施主、と業者がいっていたのを思いだした。ファインズの娘は父親似だ。

「処理すれば、処理済み案件にできる。事件を終わらせることができる。葬儀と同じよ。十五年前の誘拐事件を終わらせたい」

葬儀、と考えて、彼は葬儀はなんのためにあるのか思いだした。終わりの手続きだ。儀式には手続きがいる。そう、カギは手続きだ。

彼はグラスに手をのばした。ウォッカ割りは、炭酸が抜けていた。中身を流しに捨てて水を飲んだ。ダニエルが、ふと、たずねた。

「どうしてハッカー稼業にもどらなかったの？」

彼は答えなかった。

「セレディス・セレコムズ社に、侵入したことはある？」

「一度だけ」

相手の表情に気づいて、つけ加えた。

「侵入じゃない、合法だ。セレコムズ社の顧客企業に、アルバイトで雇われた。そこのシスオペが入院中で、人が足りなかった。短期間おれがシスオペの替わりをした」

身分詐《さ》称がバレる前に逃げだしたが、そのときセレコムズ社の内部システムのことが多少わかった。セレコムズ攻略用のウイルスを作成するには、まず大学院に侵入して量子物理学と人工知能言語を自分の脳にＤＬ《ダウンロード》しなければならない。そんな手間のかかる犯罪はやってられない。

それを聞いて、ダニエルが笑った。

「真っ当にエントリーすれば、セレコムズの中枢に入れたんじゃない？」

「前歴で引っかかると思って諦めた。でも内部がみたくて、いろいろのぞいてたら、セレコムズ社のセキュリティに隠しゲームをみつけた。遊んでいたら、ラインのむこうにいたセレコムズのオペレーターが話しかけてきた」

オペレーターは、彼がバイトだと知っていた。十五歳だと正直にいうと、面白がった。何時間かチャットをした。彼は、どのぐらいの腕があればセレコムズ社に入社できるのかたずねた。オペレーターは、波動関数方程式の問題をだした。

「解《と》いたら雇うといった。何週間かそればっかりやって、解をＤＭで送った」

「返事はきたの？」

「さあ。アカウントを削除したから」

ほんとうのことをいえば、承諾の返事がくるのが怖かったのだ。

その時点で、彼はかなりの悪事をはたらいていた。結局、逮捕された。だが、罪を精算せずに逃げつづけていたら、もっとひどいことになったろう……。

「話しかけてきたオペレーターの名前は？」

「ガーディアン」

話しているうち、記憶がほどけてきた。

最初は学校のことを聞かれたのだ。彼が学校にいってないことに向こうはすぐ気がついた。学校は必要ない。そう答えると、相手は数学の問題を投げてきた。最後の問題についていた波動関数ψ《プサイ》は、天使の羽のようにみえた。

美しい式だと思わないか？　少年。

オフにしたはずのスピーカーから、男の笑い声がした。端末がハックされたのだ。あれはだれ？

「あなたに、チャンスを与えようとしたんじゃない？」

そんな気がした。相手が教えたアドレスは、自前のサーバーのものだった。調べたが、身元はわからなかった。

「緑陰病院をハッキングしたのはだれからの依頼？」

彼は黙りこんだ。

「哲さんが侵入に気づいたのは、病院システムが先にダウンしたからだというのは知ってる？侵入される前に、哲さんのアカウントで、データベースや患者のデータ、基幹システムを閉じて回った人間がいたのよ。だから患者の個人情報は無事だった」

口を閉ざしたままの彼をみて、ダニエルは話を切りあげた。

無人タクシーを店まで呼んだ。待つあいだダニエルはメッセージをチェックした。

「帰国したら、また裁判所通いね。今度は離婚で」

「子どもは作らないのか？」

「いいえ、夫を解放する。幸せな人生がふさわしい人だから」

そういいながら、彼女は顔をそむけた。眼に濡れた光がちらりとみえた。夫に関しては、彼女は感情をオフにできないのだ。

ダニエルは、背中をむけてビリヤード台のほうへ歩きだした。

「話を聞いてもらえて助かった。謝礼はなにがいい？お金でも仕事でもなんでも。金庫の解錠とは無関係で」

貸し借りはなし。利口な女だ。

「あんたの直属の部下にしてもらうのは？」

ダニエルはふり返った。表情が硬かった。

「わたしの専門は金融よ。あなたに必要な知識はないし、ドイツ語は話せないでしょう？　セレコムズなら充分やれるはずよ」

フランス語なまりが、耳障《ざわ》りに聞こえた。彼の提案に本気で腹をたてている。はじめてこの女から主導権を奪えたのだと気がついた。

なんとなく口からこぼれた言葉だったが、部下になりたいというのは本音だった。彼女の仕事がみたかった。

底辺は充分みた。まん中は妻が教えてくれた。上は知らない。どこに流れてゆくにしても、流れの先にあるものを知っておきたかった。目の前にいる女は、頂点にいる。国際事業部の能なしとは桁《けた》がちがう女だ。そばにいれば、最高のものがみられるはずだ。

「金庫を解錠できたら、あんたのアシスタントにしてくれ。期間は一年。半年でもかまわない。その後のことは心配いらない」

ダニエルは反論しかけた。だが、途中で表情がとまった。気がついたのだ。

「金庫をあける方法を知ってるのね？」

ダニエルは、カウンターをまわって彼のところにきた。

古びたバーの酒とニス臭い空気から、彼女のしびれるような麝香《じゃこう》の香りが迫ってきた。興奮で身体を熱くしている。彼の女と混同することはもうなかった。これは別の女だ。

たぶん、と彼はいった。

「手続きが大事なんだろ？」

## □12　借り

貸しをつけて、借りは返す。

黒丸はそのルールを、盗難自動車の解体工場でおぼえた。年上の子どもたちからどうやって逃げるか、貸しを返さない相手はどこで見分けるか。

社主が、義理を貸借表とは別に管理しているように、黒丸も自分の記録帳を持っている。

貸しは実の親に。借りがあるのは、定法哲ひとりだ。

児童相談所に保護されたとき、彼には戸籍がなかった。だれも彼の出生届をださなかったのだ。六歳ぐらいの年齢のときに、彼は児童相談所に保護されて、怪我《けが》の治療のために緑陰大学病院に送られた。治療後も、病院にとどめておかれた。

彼の世話をしたいと思っている大人は、だれもいなかった。児童相談所、保護施設、あちこちを転々として、担当者の数だけ増えていった。病院が彼の世話をしたのは、定法がそう主張したからだとあとで知った。

定法は病院の御曹司《おんぞうし》で、院内の設備を自由につかっていた。

自分の研究に、子どもの黒丸を利用した。暴力をふるうことはなかったが、経験の浅い若造だったから、無茶なことを要求した。昼も夜も黒丸はヘッドギアをつけられて、脳波を測定された。

定法は黒丸を使って、大学で学んだ最新治療をためした。だれのいうことも聞かない子どもに、メスと電極で人間らしい行動様式を叩きこんだ。

彼のほうも、定法のアカウントで病院中のロックをあけて回ったから、おあいこだったが。定法への借りは、逮捕されて医療少年院に送致《そうち》されたときに返した、と思った。

親への貸しは忘れた。みつけたところで、返すものを持たない相手だ。それでもたまに思いだす。底のほうに澱《おり》のように記憶が沈んでいて、心がかき乱されると、舞いあがる。肌の匂いや暗い部屋の情景が、浮かんでくる。記憶が再生されるたびに、そこにはなかったやさしさや温かみがつけ加えられる。

母親のやさしい手の感触を、自分がおぼえているはずがなかった。抱きしめてくれた腕は、ほかの女のものだ。

ファインズもそんなふうに思いだしたのかもしれない。忘れた妻のことを。

黒丸は、清掃部門のタカギに頼んで、ファインズ邸の内部を調べなおした。

タカギがカードキーを持って入り口で待機するあいだ、彼は測量用のレーザーガンを持ってファインズ邸を歩きまわった。あちこちでシャッターがおちたが、電波遮断室は無反応だった。

ダニエルが送ってきた資料を調べ、企業に問いあわせのメールを送った。資料にあるのは、施工会社と建材の商社ばかりだった。

「どこかに、ロボット部品やシステム関係の会社の記録が残ってるはずだ」

「現金払いならわからないな」

そういったあと、タカギは除染のプロらしいことをいった。

「処理業者は同じところを使ったんじゃないか？　なにか知ってるかもしれん。ちょっと聞いてみる」

処理業者はタカギにまかせて、黒丸は、書類に記載された施工会社と商社を回った。直接、足を運んで、担当者から話を聞いた。

「ファインズ氏が雇っていたスタッフの連絡先を、ご存じありませんか？」

反応は、はかばかしくなかった。

「ああ、ファインズ氏ね。近所のパートの主婦を雇ってたんですよ」

施工会社の担当者がいった。

「かなり高齢の人もいましたね。七十近い婆さんとか。まあ、年寄りでもパワーアップ・ローダーを着装すれば、重いものを動かせますけど」

パワーアップ・ローダーを装着して作業するには、特殊車両の実技試験を受けて合格しなければならない。スタッフ全員がオペレーターだとすれば、普通のパートの主婦のはずがなかった。中高年の女と日雇いの男は、記憶されない存在なのだ。透明人間のように。

黒丸は、パワーアップ・ローダーのレンタル記録を探した。ダニエル・マインコフが送ってきた書類のなかには、見当たらなかった。人事記録や給与の支払い記録も残ってない。

病人のファインズが実験をおこなうには、有能な助手が必要だったろう。それも複数の。給与明細がないということは、現金で支払っていたのかもしれない。

——ファインズはどこで助手をみつけたのか？

黒丸は考えた。

人材派遣業者だとは考えにくい。完全主義者のファインズのことだから、助手にはそれなりの技能と口のかたさを求めたろう。以前から知っていて、これぞと思う相手をスカウトしたにちがいない。

そこで黒丸は、ロボット専門のショップや輸入代理店を回った。輸入代理店や小さな改造メーカーにも範囲をひろげた。噂がちらほら耳に入るようになった。

しかし、探している人物には、なかなか会えなかった。

・

ファインズ邸の調査が終わった日、タカギとガード下の店で夕食をとった。タカギは、社主の仕事をするのはやめろといった。

「タカギさんは、事務所に誘われたことはありますか?」

タカギは、黒丸を無言でみつめた。丸い顔から柔和さが消えた。

「おれは事務所から会社に移ったんだ。表《おもて》の仕事に。足を洗う見返りに五年入った」

女房と話しあって決めた、と、タカギはいった。生まれたばかりの子どもを一度抱いたあと、警察に出頭した。

「おれは片づけ専門だから、どっちにいても仕事は同じだ。だけど、おまえはちがう。若いし使い道があるから、一回入ったら簡単には抜けさしてもらえないだろ。嫁さんの意見は、聞いたか?」

黒丸はうつむいた。食べているものの味がしなくなった。

黙りこんだ黒丸を、タカギは誤解したようだ。

「あっちとこっちはちがう。こっちはクビになるだけだ。わかるな？」

わかる。わからないのは、みなが自分を構《かま》おうとすることだ。すこし前まで、だれからも見向きもされなかったのに。おれが役にたつから？

『千のピンク』のダンサーを家まで送ったとき、また誘われた。彼は首をふった。女は彼の腕に手をかけた。

「知ってるよ。だから誘ったの」

女の部屋には、猫のトイレとゲージがあったが、猫はいなかった。枕に一箇所くぼみがあって、少し汚れていた。

彼はそこにそっと頭をのせた。女がかたわらに滑りこみながら、いった。

「去年誘ったとき、あなた、『いくら？』って聞いたの。おぼえてる？」

思いだせなかった。はじめての女には毎回確認したから、たぶんそうだろう。たずねるのが、礼儀だと思っていたのだ。

腕枕してほしいといわれて、腕をのばした。夜明け前に目をさましたとき、衝動を感じた。かたわらの女は熟睡している。寝顔をみているあいだに、淡い欲望は消えていった。

早朝の電車は空《す》いていた。

座ってほかの乗客をみながら、ぼんやり考えた。他人が変わったのではなく、自分が変わったのだとしたら？

妻に出会う前、彼は、会社の人間を、同じ車両に乗りあわせた乗客のように感じていた。彼は他人に無関心で、他人も彼の存在に気づかなかった。

何年も獣《けもの》のようにねぐらを変えて、痕跡を消しながら、世間を流れてきた。だれにも気づかれたくなかった。石ころになりきる息苦しさが、自由の代償だと信じていた。

居場所を作りはじめた今は、根無《ねな》しの生き方は、ただ不自由なだけにみえる。手足を縮《ちぢ》めて、息を殺している。苦しい。

だんだん、わかってきた。

彼は、解体工事を断ってきた施工会社にもう一度問いあわせた。ファインズの弁護士からも話を聞いた。

弁護士を籠絡《ろうらく》するのは、簡単だった。アンドリューズは、ファインズと取り引きした商社名をおぼえていた。商社に問い合わせたが、顧客の情報だからという理由で、話を拒否した。ダニエル・マインコフに頼んだ。タカギが処理業者を調べて、西蓮寺ビルの廃物を引き取った企業名がわかった。その処理業者をたどって、部品工場の名前を突き止めた。そこを突破口に、合金専門の商社にいきついた。

ファインズは四年先を納期に、先払いで発注していた。窓口になっていたのが大田区の小さな電脳工房で、そこの社長がファインズの実験助手だった。ついにみつけた。

六十代の白髪の女性社長は押しても引いても、空《そら》とぼけた。彼は打つ手がなくなり、ダニエル・マインコフに連絡した。

一時間後、埃っぽい工場二階の事務所のドアがノックされて、ピンクの看護師の制服をきた女が入ってきた。看護師にしかみえなかった。ダニエルは看護師とすり替わって会議から抜けだしてきたのだ。

ファインズの娘だと紹介すると、工房の女社長は「あらまあ」といって、両手を頭のうしろで組んだ。きてほしくない相手がきちゃった、という苦笑いを浮かべている。

「今すぐあけるのは危険よ」

黒丸とファインズの娘は、顔を見合わせた。女社長は一から十まで察していて、この事態を想定済みだった。説明を省《はぶ》けるのはありがたかった。

社長は、六階のクリーニングシステムがどんなふうに動くか教えてくれた。

黒丸は、なぜウェイが失敗したか理解した。

場所を変えて、ダニエルと話しあった。

手強い女を納得させるのは、骨の折れる作業だった。ダニエルは、黒丸の提案を数秒で粉砕《ふんさい》した。合意のための高いハードルを設定してきた。彼は、金の計算をした。どちらかを諦めてもらうしかない、と彼女にいった。ロボットか、ビルか。両方を手にいれるのは、不可能だ。

社主との交渉は、ずっと簡単だった。

社主は細かいことは聞かなかった。念を押しただけだった。

「しくじったときは、おまえがケツを拭《ふ》くんだ。わかってるな?」

支払いは指か命か。なにかで支払うことになる。

西蓮寺ビルの解体工事は、凍結された。

翌週——、

ファインズ財団は、シティサイジング社に西蓮寺ビルを売却すると発表した。売却金額は、非公開。マスコミから問いあわせがきて、会社は数日活気づいた。

ダニエルをのせた飛行機が羽田から飛びたった二日後、彼はタカギに借りたバイクでファインズ邸に向かった。

# □13　さいごの客

黒丸はファィンズ邸のセキュリティを解除したあと、各部屋を回って異常がないことを確認した。用意した品をいくつか室内に置いた。

客は、時間通りにあらわれた。

業務用エレベーターから、男が四人。とびきり大柄な男を、三人のアジア人が追いたてている。

「おまえが、黒丸か」

中背の男が、北京語で話しかけてきた。笑わない目で、黒丸を値踏みした。

黒丸は名乗ったあと、フロアと玄関の監視カメラの場所に目をやった。どちらも外してあることを確認した。

バッツは、むくんだ顔をしていた。

両手を背後にまわして、手負いの獣のように、そこに突っ立っていた。顔には数カ所殴られたあとがあり、スーツから悪臭がした。薬漬けにして飛行機にのせたのか？

三人のうち、どの男が林元龍《ラムユンロン》だろう？

「バッツの手錠をはずして、このタッチパネルの前にやつの手を持っていってください」

バッツの手錠がはずされた。バッツは不機嫌顔で、太い手首をこすっている。フロアの四方をみた。

「いわれたとおりにしろ」

バッツが動かないため、背後の男がバッツの右腕をつかんだ。バッツが肩を振って外しかけたが、目の下にナイフを突きつけられてやめた。

バッツは、腕を引っぱられるまま、タッチパネルに手を近づけた。てのひらを読まれないよう、こぶしを握っている。だが、スキャナーはバッツの手首の静脈をとらえた。

玄関ドアが、自動的にひらいた。内部のシャッターがあがってゆく。

男たちは黙っている。空気が険悪になった。バッツがドアをあけられることを知らなかったのだ。

今はもうラムユンロンとわかった男が、殺気だった目をバッツに向けた。

「こいつはここをあけられるんだな？　それなのに、おれの身内を送りこんで死なせたわけか？」

おい！　とバッツに怒鳴った声は、腹の底からの一喝《かつ》で、ホール中に響きわたった。バッツは無表情だが、必死に計算している。生きのこる確率がどのくらいか？

ほかの連中がかわるがわる前にでて、タッチパネルに手を振った。だれにも反応しなかった。「おまえは」といわれて黒丸はパネル前で手をひらいた。反応なし。

「なんでバッツがここに入れる？」

「バッツは、ファインズに招待されていたのだと思います」

セキュリティに登録されていた四人めの生体認証登録者は、バッツだ。黒丸はそう説明した。

黒丸は、ファインズ邸の奥を指さして、バッツに入れと指示した。白い玄関ホールに照明がひとつ灯っている。バッツは動かなかった。二本の足はフロアに根をはやしたようで、顔には激しい恐怖があった。

入れ、とうしろからひざを蹴《け》られて、バッツはうめき声をあげた。三人がかりで放りこもうとした瞬間、バッツが腕を払った。取り付いていた男たちが吹っ飛ばされて、床に投げだされた。意外なほどの素早さで、バッツが階段へ逃げだした。

男たちはもがきながら起きあがって、懐《ふところ》を探った。銃を携行してないことに気づいて舌打ちしている。

階段下から、怒号《どごう》が聞こえた。しばらくして、バッツが階段をのぼってきた。うしろに、オートマチックを構えた社主と事務所の男たちがいる。

「待たせたな」

「バッツを家にいれてください」

「手錠はいるか?」

「いいえ」

手下数人がかりで、バッツを押しこもうとした。逃げようとしたバッツの顔に社主が銃口を食い込ませた。

「殺《や》っちまってもいいか?」

「どうぞ。運ぶのを手伝ってもらう必要がありますが」

バッツは転がるように家に逃げこんだ。足を引きずりながらリビングルームに走りこむうしろ姿がみえた。すぐにリビングのシャッターがおりた。

黒丸は、カードキーをリーダーにかけて、入り口のシャッターをおろした。玄関のシャッターの堅牢《けんろう》さを確認してもらったあと、カードキーを社主にわたした。

「三日ほどかかるかもしれません」

男たちは、その場にとどまっていた。ラムが、社主に北京語でたずねた。

「バッツを連れてくれば、バッツの代金を払うといったな？ ファインズの身内が払うのか？」

社主が黒丸をみた。黒丸は、英語で話していいかとたずねた。彼の北京語は接客用で、金がらみの説明をするには語彙《ごい》がたりない。ラムが「日本語で」といった。通訳をつれてきているようだ。

黒丸は、日本語で話した。

「ファインズの身内は、ビルを売って、この件から手を引きました」

社主が流暢な北京語で黒丸の言葉を翻訳した。それから彼に話しかけた。

「確かにファインズの財団は、ビルを評価額の半値で売った。その値段でも、解体費用で赤字だ。どうする気だ？」

「この六階で元《もと》はとれます」

黒丸は、右手の指をひらいて玄関ドアをおさえた。

セキュリティが作動したせいで、六階のエアコンは止まって、じわりと温度があがってきた。男たちの顔が、油を塗ったように光りはじめた。

「解体工事のために都内の施工会社を回ったときに、各社から工事費用を聞きました。ファインズの遺言執行会議で聞いた話では、ビルの工事総額は五十億です。国内の工事業者に支払った額は、およそ十五億前後と思われます。国外の業者は一社だけです。そちらへの支払いは五億でした。地下の機械は研究費で購入したため施工費にはいってません。ビルを引き払ったときに、実験用の鋼鉄製の大型炉《ろ》と、室内のガラクタ、備品の運びだしで一千万ほどかかってます」

実験室やビルの他の階にあった部品類は、卸元の会社がゴミを含めて引き取った。タカギが突きとめてくれた。

ファインズのビルにあったガラクタが、そのまま倉庫に残っていると聞いて、黒丸は卸元にみにいった。ダンボール箱に入れたままの膨大な部品、発信器、玩具、金ぴかの合金インゴットが、箱にいれたまま山積みになっていた。

合金インゴットは金かと思ったが、メッキの下はタングステンだった。実験に使ったのかもしれない。イベントでもらったらしい人形や団扇《うちわ》もあった。売れるものはなかった。

「差額の三十億は、建材費と思われます。そのほとんどは、まだここにあります」

通訳の社主が興奮で、早口になった。香港からきた男たちは黙りこくっている。目の光が増した。

「どんな材料を使ってる?」

事務所の経理担当者が、前にでてきた。黒丸は、端末を壁に向けた。ファインズ邸の内装材のおおよその素材を、ピックアップしていった。

「金とプラチナインジュウム、レアメタル。貴金属の購入と加工は、ファインズの個人弁護士の会社を使ってます。弁護士がかかわったのは、決済だけですが、二年のあいだに金を二百キロ以上購入したそうです。センサーと配線に使用されてます」

すげえ、とだれかがつぶやいた。

「ほかにプラチナインジュウム五十キロ。配電工事をしたのはスイスの企業です。大量の貴金属を使ったことを伏せるために、セレコムズ社の専属業者を海外から呼んだんでしょう。かんたんに取り外せるのは、壁と床、天井のグラフェンシートで、セラミックスの内装壁の下に貼ってあります。これがセンサーもかねてます。最高級のグラフェンシートは、一平方あたり二十万から三十万はします。きれいに外せば原価で売れます。価格が上がってますから」

ファインズが使用したグラフェンシートは、最高級のコーティングが施された特注品だった。劣化しないから原価で売れる。ダンサーたちが身につけていた、地上でもっとも高価な防御コルセットの布地でもある。

「延べ面積二百で、ぜんぶの部屋がそれか？　床だけで六千万？」

「電波遮断室以外は。遮音素材は劣化しますから、あそこの壁材は価値がありません」

社主がたずねた。

「ファインズの娘は、三十億の貴金属が残ってることを知ってるのか？」

彼はちょっと考えた。ダニエル・マインコフが気づかなかったはずがない。

「知りたくないんじゃないかと。ファインズの個人資産は、財団に移されます。財団は、このビルの改装費用と売却費を相殺して、損失として計上するようです。評価額がかわると不都合なことがあるんでしょう」

笑いが漏れた。

「金庫のロボットは？」

「金庫とその中身は、ビル売買契約のときの条件で、ファインズ財団に引き渡すことになってます。しかし、部屋の内装材は、うちのものです。壁や床、天井、基盤。各部屋のシステムの価値は、自分にはわかりませんが……」

部屋のセンサーは、制御チップで動いている。どちらも特許と企業機密の塊《かたまり》だろう。彼は考えながらいった。

「解体の噂が伝われば、買い取りたいといってくる会社があるかもしれません。壊さずに外せたら、の話ですが」

「部屋の解体はできるのか？　またセキュリティが作動するんじゃないのか？」

「そのために、バッツを香港から連れてきてもらいました」

彼は説明した。バッツが中で死ねば、ファインズのセキュリティは終了するはずだ。

四人めの登録者が身内ではないと知ったあと、念のため、直通エレベーターとガレージのほうの登録者も、セレコムズ社に調べてもらった。そちらは三人だった。さっきドアがひらいたことで、四人めがバッツだと確認できた。

「ここの生体認証を登録されている人間のうち三人は、下のガレージと直通エレベーターも使えます。しかし、バッツは、直通エレベーターを使えません。ああいう男ですから、直通エレベーターが使えるのなら、堂々と乗ったでしょう」

ダニエル・マインコフを待ち伏せするなら、地下ガレージが最適だ。しかしバッツはそうしなかった、と彼は説明した。

「つまり、バッツは客じゃなく、『敵《てき》』として招待されたということです」

ラムは半信半疑だ。

「あんなクズのために、ファインズは五十億かけて、この家をこしらえたっていうのか？」

あんなクズのために、妻は誘拐されて殺され、娘はストーカーの恐怖におびえつづけた。

ファインズは娘を救いたかったのだ。

「ファインズは脳腫瘍でした。最後のほうはかなり――」

彼は言葉を探した。

「意識が混濁《こんだく》していたようです。親族は、ファインズに好きなことをさせたんでしょう」

ダニエルは、父親のしたいことを知っていた。

承知の上で、資産を全て現金化して父親にわたしした。ファインズの残り時間は一年だと思ったからだ。だがダニエルの予想は外れた……。

ラムと社主たちは、食事の話をはじめた。そこで取り分の話をするのだろう。

手下たちが銃を分解して、カメラに作りかえた。ものの数分で、銃は跡形もなくなった。運搬役が一足先に荷物を持ってでていった。

おまえも食事にこい、と社主にいわれた。

「おまえの取り分も決めないとな」

「わたしの取り分は、アーウィン・ウェイの身内にわたしてもらえませんか？」

「だれだ？」

「ここで死んだセレコムズの社員です」

ああ、と社主はいった。焼かれて灰になった若い男。

「バッツは逃げないか？」

「バッツにとって、ここは一方通行の迷路です。奥へ進むしかありません」

男たちはうなずいた。社主が酷薄な笑いを浮かべた。

「ファインズがお待ちかねか」

・

社主らが立ち去ったあと、黒丸は、壁付けの備品入れから掃除道具を取りだした。水を汲んで、バッツと男たちがいた痕跡《こんせき》を洗い流した。ウェイとはじめて会った日のことを思いだした。

掃除道具を片づけたあと、インターホンを押した。

「あけてくれ」

シャッターがあがった。

・

ファインズには、復讐で無駄にする時間はなかった。

日本にきた週にロボットを買い、翌日、ロボット用の倉庫としてビルを買った。甥の理事長室を占領して、ビルを研究室に改造した。甥の妻から小遣いをもらって、子どもたちと遊んだ。人生の残り時間を楽しんだ。

その生活が変わったのは、最後の一年だ。

バッツが、タイの刑務所から出所したのだ。

バッツのことがなければ、ファインズは西蓮寺ビルにロボットを残していかなかったろう。特許切れまでセレコムズに預けたはずだ。しかし、老人はビルと電波遮断室をそのままにしておくよう、遺言した。甥に医療マシンを返却しなかった。他の部分は徹底的に片づけたのに。

復讐なら、とっくに終わった。

ファインズの最初の会社ガーディアンズ社は、一株あたり途方もない価値があった。ハイテクの軍事企業。学生四人で起業するにあたって、資金はファインズがだした。家族からの信託金を解約して、持っていた小さなアパートを売って金を作った。共同経営の友人たちは、会社が成功したあと高値で事業を売却することをのぞんだが、ファインズが承知しなかった。軍からの不利な条件の仕事も、彼はロボット研究のために受けつづけた。共同経営者たちのストレスはつのったはずだ。

事件の前から、ファインズは警告されていた。周囲は心配したが、彼は気にとめなかった。生まれたときから愛されてきた男だ。赤ん坊のように、暴力と裏切りに無垢だった。

事件後、ガーディアンズ社は、海華電信《ハイファ》に安値で買収された。しかし、海華電信が期待した技術はひとつも手に入らなかった。

セレコムズ社が大きくなるにつれて、ファインズの敵は沈んでいった。

ただひとりバッツをのぞいて。

ファインズは、バッツひとりを警戒していたのだ。

ファインズは重態になって、スイスにもどったが、正気のときは家をのぞいてバッツを待ったにちがいない。警察がろくに調べなかった奥の部屋は、足跡だらけだった。侵入者たちが残していったゴミが散らばっていた。死人がでたのは、ファインズの死後だ。ファインズがいなくなって、家の守護天使のアカウントは不在になった。

そしてようやく、行き場のないネズミが、ファインズの罠にかかった。

シュウ――

黒丸の背後で、玄関のシャッターが閉じた。

闇が壁のように目の前に迫った。

ぽつんと赤い非常用インターホンのライト。

目が慣れるにつれて、赤いおぼろな光が広がった。ぼんやりした光の輪のなかに、部屋の輪郭がみえた。黒丸は、壁に手をついて靴を脱ぎすてた。シャッターのおりた戸口の枠《わく》に手をついて、片足をあげた。突っ張《ば》りながら身体を上へ引きあげた。室内には熱気がこもりはじめている。息苦しい闇に汗が滴《したた》った。

リビングルームではバッツが待ちぶせている。黒丸は天井に取りつけた牽引《けんいん》ロープを手がかりに身体を押しあげて、天井のすぐ下に張りついた。それから待った。

五分、とシステムに入力したが、もっと短いほうがよかったかもしれない。

指が汗で濡れ、腕がふるえはじめた。すべり落ちる寸前、設定通りにリビングのシャッターが開いた。黒い風のようなものがリビングから飛びだしてきて、玄関のシャッターにぶつかった。

衝突音と同時に、黒丸は飛び降りて広い空間に走りこんだ。

真っ暗なリビングの右手に、インターホンの赤い点。背後の音を追いながら、暗いほうの壁に張りついた。インターホンの赤い光が、死んだような部屋をぼんやり照らした。

おい、というバッツの声が、玄関ホールから聞こえた。

「おれをだせ」

バッツが吠えた。

「ファインズに招待されたことはねえ。一キロ先にいても警察を呼ばれた。セキュリティの解除におれが必要とは聞いて呆れるぜ」

黒丸は、声をたてずに笑った。

バッツがいう通り、セキュリティの解除にバッツは必要ない。セキュリティの解除方法は、電脳工房の社長が教えてくれた。彼女が、本物の四人めの登録者だ。

『システムのメインコアは、金庫、つまりロボット収納庫のなかだ。大事なものだからね』

黒丸はダニエルに頼んで、バッツの静脈コードを手にいれた。バッツの記録は、タイの警察に残っていた。

収納庫をあけて、セキュリティを解除するだけなら、バッツは必要ない。だが、生きたバッツの証言と引き替えでなければ、ダニエルがビルの売却に応じなかった。バッツを香港から運ぶためには、ラムが納得する金がいる。ダニエル・マインコフに、犯罪組織と取引させることはできない。彼女の助手になるという、黒丸の目論見《もくろみ》も潰《つい》える。

バッツがわめいている。

「おれを奥へ誘いこむつもりか？　どうやって？　おれがここにいる限り、おまえも外にでられないぞ」

黒丸は、玄関ホールをながめた。ぼうっとして、輪郭を見極めるのがむつかしい。影だと思えば影に、人だと思えば人にみえてくる。臭気と熱がただよった。

「ダニーを呼べ」

「おまえは、この家に入ったことがあるな？」

バッツは返事をしなかった。黒丸は提案した。

「助かる方法がひとつだけある。赤いボタンを押して、レスキューを呼べ」

その提案について、バッツが考える間があった。

「不法侵入で、おれは逮捕か？　なぜおまえが押さない？」

「マインコフに頼まれた。おまえから、誘拐事件の真相を聞きだせと」

「おれが話すのは、ダニー本人だけだ」

そういったバッツの口調に、誇りがにじんだ。暗がりでも、無意識に姿勢を正して衿をなおしただろう。その姿が、目に浮かんだ。

「彼女は、おまえに会いたくないそうだ」

バッツの沈黙で、黒丸の言葉は宙に浮いたようになった。ふいにバッツが質問した。

「ダニーと寝たのか？」

黒丸は考えた。

「いや」

破裂音《はれつ》があがった。バッツが壁を叩いて笑っている。

「ダニーがおまえなんか相手にするわけがない」

なにか違和《いわ》感があった。この男は、ダニエルをどうみているのか？　ダニエルによれば、バッツはダニエルの母親、アリヤの陸軍時代の元同僚だという。アリヤは、南アフリカ旅行でバッツに遭遇したとき、真っ青になったとダニエルが話していた。同僚だったときに、なにかハラスメントを受けたのではないか、とダニエルは想像していた。

「ファインズの娘は、母親似か？」

影のなかから、バッツの輪郭があらわれた。人の姿が、妙に懐《なつ》かしい。暗がりで他人との距離がなくなる。

「似てない。アリヤとダニーはまったくちがう」

バッツの黒い輪郭が、左右に揺れている。

「アリヤは、ダニーの母親にふさわしくなかった。ひどい女だった。あばずれで、ファインズも、あの女を見捨てた。殺させた」

そういう陰謀説を書き立てたサイトもあった。

「ダニーに触《ふ》れるな。いいか。殺す」

バッツは、ダニエルの母親を罵《ののし》った。軍隊時代の評判、ファインズへの裏切り。夫の共同経営者と浮気していたこと。

バッツがなにかいうたび、黒丸は汚れた手で顔を叩かれるような気がした。手をのばして、バッツのスイッチを切りたくなった。バッツは喋りながら興奮して、だんだん前にでてきた。リビング入り口のシャッターの手前に立って、聞き返した。

「今、なんといった？」

黒丸はなにもいってない。質問を考えた。

「幸せな家族じゃなかったのか？」

バッツが笑った。

室内の温度は、三十五度をこえたろう。息苦しい暑さで頭がぼんやりしてきた。バッツの片足が、シャッターラインの上に乗った。それから下がった。シャッターがどこにあるか知っているらしい。

「亭主が二人いる女と、妻を忘れた男がひとり。ロボットに子守された子ども。それを幸せというなら、そうだったんだろう」

黒丸は、目の前の黒い顔をながめた。相手が放つ熱と悪臭を感じとった。バッツの歪《ゆが》んだ記憶に残るファインズの家族の肖像は、幸せとは遠かった。妻の愛人、放置された子ども。バッツの嫉妬が焦《こ》げている。

ダニエルの母親は、この男を捨てた？　いや、再会したときに、アリヤはひどいショックを受けていたという話だ。付き合ったことはなかったろう。軍での階級も待遇もちがう。格下の男からセクハラを受けても、アリヤは告発できなかったのかもしれない。

バッツは、誘拐事件の真相を話しはじめた。ダニエル本人にしか話さない、とさっきいったことはもう忘れている。バッツの語る筋書きは、入り組んでいて陰謀が渦巻いていた。

「おれは、ダニーの唯一の味方だ。彼女を救うために、ここにきたんだ。ダニーに、真実を伝える義務がある」

黒丸は、目の前の男が狂っているのではないかと思いはじめた。

バッツの世界では、彼はダニエルの唯一の味方で、彼女の守護者だ。ダニエルのために、バッツは世界を相手に戦った。数多《あまた》の試練に耐えてきた。彼女に警告したせいで、スイスの司法当局に追われた。フランスでも逮捕された。

世界のどこへいっても、バッツは尾行され盗聴された。ダニエルの敵が、バッツを迫害した。バッツは、ついに麻薬のおとり捜査に引っかかってタイの刑務所に入れられた。釈放されたあと、敵の海華電信《ハイファ》に近づいて情報を探った。

実際に、バッツは、十年以上ファインズの娘をストーキングしつづけたのだ。

ダニエルに事件の真相を話すといって、家に入りこんで逮捕された。フランスでも同じことをした。

あの事件の関係者で、犯人一味と思われながら生きているのはバッツだけだ……。

黒丸は、壁際においた水のボトルを口をはこんだ。

「おい、なにか呑んでるな？　水をよこせ」

黒丸は一息に飲んでから、いった。

「おまえがアリヤ・ファインズを、娘の目の前でレイプした件について話したらだ。その話は、おまえの脚本のどこにもなかったな？」

はったりだ。

ダニエルがみた犯人グループのなかに、バッツはいなかった。だが、ひとりだけダニエルが顔をみてない犯人がいる。犯人グループのリーダーで、母親を暴行した男だ。

バッツが動揺したのがわかった。この程度の詐術《さ》にバッツが引っかかると思わなかったから、黒丸のほうが驚いた。

「だれに聞いた？」

「ダニエル・マインコフに。事件のとき、隣の部屋に寝かされていた」

「意識がなかったはずだ。おれがダニーに説明する。アリヤとは合意の上だ。そもそもアリヤの頼みで、おれはあそこにいたんだ！」

ダニエルはアレルギー発作を起こして、家畜小屋から家のベッドに移された。薬は、誘拐犯たちに盗まれてしまい、母親はその場にあったものを使って気道確保用のチューブをこしらえた。ダニエルは動けなかったが、周囲で起きたことは理解していた。

「こういうことか？　妻が、誘拐事件をでっちあげた。実行役が必要だったから、アリヤ・ファインズは、昔同僚だったおまえに頼んだ。おまえが地元のチンピラを雇って、日当を払ったのか？だが、子どもが発作をおこした。アリヤ・ファインズは、誘拐を中止するといいだした。それで内輪もめになって、おまえがアリヤを殺した？」

ちがう、とバッツがわめきながら、殴りかかってきた。

黒丸はペットボトルを投げつけて、背後に逃げた。バッツの背中すれすれに、リビング入り口のシャッターがおりた。

バッツの前を走りながら、窓のある部屋まできた。足音が聞こえないことに気がついた。バッツはリビングにとどまっている。

「ゲームからおりたいなら、非常用のボタンを押せ」

「おれはアリヤを殺してない。あれは事故だ。ダニーに説明させてくれ。頼む」

アリヤを死なせたのは自分だと認めた。ため息が身体の奥深い場所からわきあがった。

ゲーム終了。

「ファインズの娘は、あそこにいる」

黒丸は、あのドアの向こうに、といって電波遮断室の扉を指さした。

「そこに？　ほんとにダニーがいるのか？」

空気の匂いをかぐようにバッツは鼻孔を広げた。

「ひとつ忠告しておく。電波遮断室に入れば、おまえは死ぬ。中は非常ボタンも非常用インターホンもない。死にたくないなら、今いる場所で警察に助けを求めろ」

バッツが、ダニエルの名前を呼びはじめた。ダニー、ダニエル。バッツおじさんだ。顔をみせてくれ、スウィート・ハート。

黒丸は、どうしても確かめたいことがあった。

「ファインズは、海華電信の会長と副社長を殺したのか？」

バッツはあいかわらずダニエルの名前を叫んでいる。バッツを黙らせるために何度か怒鳴った。ようやくバッツの頭に届いた。ここに、と黒丸は建物の床を指さした。

「海華電信の会長と副社長は、きたことがあるのか？　ファインズと会った？」

「なぜそんなことを聞く？」

バッツは興奮しきって、わめきながら部屋をいったりきたりしている。ダニエルへの執着と、生きのびたい気持ちに引き裂《さ》かれているのだ。ダニエルに近づこうとして一歩踏みだし、死の恐怖を思いだして下がる。そのくり返しだ。

わめきたてるバッツから、筋の通った話を聞きだすのは、骨がおれた。バッツに水をやり、休憩をはさみながら、バッツの口から、十五年前の誘拐と、一年前のファインズ邸で起きた出来事を引っぱりだした。

黒丸が推測したとおり、一年前、バッツは海華電信の会長、副社長とともにこのビルにきていた。ファインズに招かれたのだ。

しかし、バッツはファインズ本人には会えなかった。海華電信の会長に、『おまえはリビングで待ってろ』といわれたのだ。それで、彼は犬のようにリビングで待たされた。突然、光がきえてシャッターがおりた。家のなかは真っ暗になった。バッツは閉じこめられ半狂乱でわめいたが、救いはこなかった。

救急隊がきたとき、彼は眠っていた。懐中電灯と救急搬送の物音で目をさまして、あきっぱなしの玄関から逃げた。

「じゃあ海華電信の会長と副社長は、この家の奥にいったきり、でてこなかったんだな?」

「おれは家からでていっただけだ。なあダニーにいってくれ。おれはアリヤに手も触れてない。アリヤの頼みで、ダニーとアリヤを救いにいったんだ。だが、おれが到着したときにはアリヤは死んでいた。殺したのはサール・アイゼンだ。ファインズの共同経営者で、事件のあと自殺した男だ」

矛盾だらけの嘘まみれの告白。

バッツによれば、アリヤ・ファインズは、周囲にいた男たちを利用した。軍にいたときは、周囲の同僚全員と寝ていた。バッツも誘惑された。アリヤは結婚後も、夫を裏切っていた。十歳の娘を誘拐させ、会社を手にいれようとした。だから、彼がダニエルを救いにいった……。

黒丸の忍耐は限界に近づきつつあった。やめろ、と怒鳴りかけたとき、バッツが思いがけないことをいった。

「ダニエルは、おれとアリヤの娘だ。ファインズの娘じゃない」

黒丸は、思わずバッツの顔をみた。それは、ない。

「アリヤが打ちあけた。アリヤに協力して誘拐をでっちあげたのは、ダニーのためだ。ダニーならわかるはずだ。おれはあの娘の父親だ」

黒丸はバッツをながめ、相手が本気でそう信じていることを知った。

確かにバッツとファインズには、共通点があった。どちらも黒っぽい目と髪をして、肌は浅黒い。バッツは、ダニエルと自分の相似点をずらずらとあげた。

「おれのママは小柄だった。若い頃の画像は、ダニーにそっくりだ。ダニーに、ママの画像をみせたい。みればわかるはずだ」

黒丸は聞いているふりをした。人種のちがう結婚で生まれる子どもは、どちらかの人種の特徴を強く引き継《つ》ぐ。ファインズの妻はブロンドで長身のワルキューレだった。そしてファインズ自身は地中海から生まれた天使だ。ダニエルは父親似だ。この地上のだれもが、同じことを考えるにちがいない。バッツ以外は。

「おれがあんたなら、ここには入らない。助けを呼ぶ」

背後から光がさして、黒丸の影が暗い部屋に伸びていった。冷風をうなじとてのひらに感じた。

黒丸は電波遮断室に入っていった。

## □14　ファインズの娘

ファインズの娘は、空調のきいた涼しい部屋のベッドに座って、仕事中だった。

小さなブリーフケースがひとつ。強行軍に備えてデニムのぴったりしたパンツに、柔らかな生地のジャケットとシャツを身につけている。

「どうしてパパはこんな混乱を残して死んだの？」

「財団の財務表？」

「いいえ、個人資産のほう。あなたが探してくれた取引先以外にも、使途不明金がある。十億以上。意図的な資産隠しと疑われるかもしれない」

メイクはしてない。ダニエルの目の下は、疲れでくすんでいる。自然な顔がきれいだと感じるのは、彼女に慣れてきたからかもしれない。

黒丸はベッドのうしろに回った。

バッツの叫び声が近づいてきた。

「ダニー、ダニー、バッツおじさんだよ」

バッツの黒い頭が、にゅっと室内に突きだされた。入り口からは電磁波発生装置に邪魔されて、ダニエルはみえないはずだ。黒丸は、バッツに手を振った。

「父は、本当にバッツに反応するように部屋をセッティングしたの？」

わからない。だがその可能性は高い。

「海華電信の会長と副社長は、行方不明だ。かれらが行方不明になったのは、ファインズが車椅子を壊した日とちょうど合う。ファインズは、病院を抜けだして、ここで彼らと会っていたのかもしれない。ロボットの件で」

「父が、その人たちを殺したと？　まさか」

彼は指でシールドの範囲を示した。車椅子をいれる余地はない。定法が回収した車椅子は、室内で焼けこげていた。

「ファインズは、ロボットの権利を買いもどそうとしたんじゃないか？　海華電信のトップとここでこっそり会った。だが予定外のことが起きて、ファインズは装置を作動させた。ファインズがかれらを殺すつもりで呼んだのなら、予備の車椅子を用意したか、オートで室外に移動させたと思う」

「いいえ。父にはロボットの買いもどしはできない」

ダニエルは入り口を見張りながら、低い声でいった。

「父は引退していて、権限も資金もなかった。わたしに相談したはずよ。そんな話は一切聞いてない」

なるほど。ダニエルの言い分は正しい。

バッツが、ダニエルの名前を叫んでいる。

「ファインズがかれらに会ったのは、海華電信側の希望だったということか？」

「父に、かれらと会うどんなメリットがあるというの？」

黒丸は考えた。答えが浮かんできた。

「逆だ」

ようやく気がついた。ファインズはロボットを愛していたが、最重要というわけではなかった。ロボットよりも大事なものがあった。妻より、仕事よりも、大切に思っていた娘がいた。

「ファインズが彼らを呼びだしたんだ。ロボットを餌《えさ》に」

「かれらを殺すために？　ありえない。海華電信の会長は大物で、ここで消えたりしたら大騒ぎになる」

「騒ぎにならなかった点は、説明できる。連中のほうがアリバイを用意していた。海華電信の会長は、その時期、北朝鮮の工場を視察中ということになっていた。直後に急病だと発表して、人前に現れなくなった。もちろん本当に病気の可能性もあるが」

ダニー、とまたバッツが呼んだ。入り口で怒鳴っている。

「バッツは、家の内部に入ったことがある。リビングのシャッターがどこで落ちるか知っていた」

ダニエルは目を見開いたまま、右手で彼の腕を手探りしている。

「ねえ、あの男をここで殺したら、正当防衛は適用される？」

「ダニー、パパだよ」

ダニエルの指が、彼の腕に食い込んだ。指の力に黒丸は驚いた。ダニエルの額にびっしり脂汗が浮かんでいる。血の気のない青ざめた顔。だが、表情は穏やかだ。彼女は、意志の力で恐怖を隠してきたのだ、と黒丸は知った。ダニエルの瞳孔は恐怖で点のようになり、目が灰色にみえた。

「おれが片づける」

ダニエルの右手の指に、自分の手をあてた。指を離そうとしたが、返って強くなった。全身でしがみついてきた。

汗で顔を光らせたバッツが、期待をみなぎらせて部屋に入ってきた。ダニエルをみつけてほほえみながら、両手を広げた。ダニー、ダーリン。

口笛の音がはじまった。アラーム。

黒丸は、ダニエルの隣に腰をおろした。ベッドの床下で、モーターが動きはじめた。予想よりずっと早い。床から半透明のシールドカバーがするするとあがった。バッツが駆けよった。視線はひたすらベッドに腰かけた女に注いでいる。

黒丸は、ダニエルの指をはずそうとした。だが彼女の指はまるで鋼《はがね》だった。彼はバッツにいった。

「外にでろ。死ぬぞ」

「ダニー」

タッチボードに指を走らせたが、システムは反応しなかった。自動で動いている。

上下からでてきたシールドカバーが重なりあった。視界が白く曇《くも》った。

曇ったシールドにバッツの顔が浮かびあがった。バッツはシールドに顔を押しつけて、シールドの円柱を抱きかかえた。

厚いくちびるが動いている。ダニエルの名前を呼んでいる。

黒丸は右手を伸ばして、ダニエルの両目をふさいだ。彼女の唇からかすかな悲鳴が漏れた。じきに絶叫にかわった。

バッツは最初の数分、変化はみられなかった。シールドに押しつけた肌が赤くなり、汗ばんできた。顔が真っ赤になった。鼻血が分厚い唇にたれた。首のタトゥの部分の皮膚が縮みはじめた。タトゥに含まれた鉄分が電磁波に反応しているのだ。皮膚から煙があがった。

だが、バッツの唇はまだ動いている。ダニエルの悲鳴がとまり、指が黒丸の腕から外れた。黒丸は震える女を抱えこんで、顔を自分の胸に押しつけた。

「あの人、まだみてる?」

「みてる。顔をあげるな」

バッツの髪が燃えはじめた。衣類の金属と接した部分が炎をあげている。燃えながら、バッツは唇を動かした。目は血の色だった。黒丸はウェイの死のことを考えた。ウェイは自分が死ぬとは思わなかったろう。バッツは死ぬとわかっている。香港にいても始末されたはずだ。世界中もうどこにも逃げ場がない。

手を触《ふ》れられない女を、自分の娘と信じながら死ぬ道を選んだ。

曇ったシールドのむこうを、焼けただれた大きな手が血の跡を引きながら滑《すべ》りおちた。しばらくして黒丸は、ダニエルの顔から手を外した。ダニエルが身体をおこしてシールドに目をやり、身体をふるわせた。

「母親の愛人は、疑われたのか?」

ダニエルの目は、シールドごしにみえるぼんやりした黒い輪郭に釘付けになっている。口をおさえ、顔は紙より白かった。

「いいえ、サールはわたしを病院に運んだあと、ずっと付き添ってくれた。父はヨハネスブルクでお金をかき集めてたから、そのかわりにサールがいてくれた。彼、母を残してきたことを死ぬほど後悔して——。父と母は、わたしが十二になったら離婚する予定だった。わたしは寄宿舎のある学校に入って、父とサールと母の三人は、どこに家を買えば、わたしが行き来しやすいか話し合ってた。母の死体がみつかったとき、サールは倒れた」

ダニエルは、バッグを必死に手探りしている。黒丸は下から買い物袋を取りだした。袋にダニエルは胃液を吐いた。水を飲んだあと、身体の向きをかえた。

「警察は、関係者の犯行を疑った？」

「当然でしょ？　わたしまで疑われたんだから」

「あんたがおぼえているのは、お母さんがレイプされたときの悲鳴だけ？」

ダニエルの顔に怒りで血の色がもどった。火花が散るような目でにらみつけた。

「母を言葉で汚さないで」

「すまない」

「そのときまで、わたしの意識ははっきりしてた。ひとつひとつの呼吸が命がけで、必死だったから、そのとき耳に入ったことはなにもかもおぼえてる。気を失ったら死ぬとわかってたから」

ダニエルは喉に手をあて、細部を話した。犯人グループのなまりの強い英語の罵声。身体を探る手。罵《のの》り言葉しか聞き取れなかった。武器。

母娘は、離ればなれにさせられ、ダニエルは家畜小屋に放りこまれた。男がのしかかってきたが、ダニエルは発作を起こした。人質の子どもが死にかけたため、母が呼ばれた。家に移されて、ベッドに寝かされた。隣の部屋から、母と男の話し声がした。そこまでは先日聞いた話とほぼ同じだ。その先が、あった。

「母がその男に怒鳴ってた。『あなたの娘なのよ』って何度も。怒鳴りあってた。そのあと母が相手の要求を聞いた」

ダニエルは唇を強く噛んだ。

「終わったあと、母がきて、わたしに注射をして、人工呼吸してくれた。ベイビー、大丈夫、すぐに帰れるといいながら。それで呼吸が楽になって……。わたしは眠ったの」

ダニエルの涙がおさまるまで彼は待った。

「父親を疑ったことは？」

ダニエルは、頭を強く振った。

「父が誘拐と一切関わってないのはわかってる。あの声はサールでもなかった。父は事件が発生したとき、大統領と会談中で、その後ずっと警察と軍の関係者がはり付いてた。わたしは待ってた。パパが――、いえ父が、いつか真相を教えてくれるはずだと」

「ところがファインズは、打ちあけるどころか、記憶を消して忘れた？」

「そうなのよ！　わたしの気持ち、わかる？　もう信じられなかった。無責任すぎる！」

「同感だ」

失言したと気づいた瞬間、拳《こぶし》が打ち下ろされた。本気の一発だった。

彼はひりひりする耳をなでながら、わかったことを整理した。

誘拐を実行した連中は、いつのまにかいなくなった。日当をもらって帰ったのだろう。この雇われ誘拐団は一週間後に軍に射殺された。それで事件にカタがついた。だが、この連中に金を払った人間がいたはずだ。現地にはアリヤ・ファインズが会いたくなかった昔の知りあいがいた。バッツだ。

「アリヤ・ファインズが、『あなたの娘なのよ』といった相手はバッツだ。あんたを救うためにアリヤはバッツを説得した。嘘をついた」

　軍時代にレイプされて、アリヤはこの男から逃げるためにファインズと結婚したのかもしれない。ブロンドの美人将校は、ファインズには夢のような存在だった、と弁護士のアンドリューズが話していた。アリヤがデートに応じてくれたことで、ファインズは舞いあがり、二度めのデートでプロポーズした。

　結婚して妻が軍服を脱ぎ捨てると――、ファインズの恋はさめた。

「誘拐も、バッツが仕組んだの？」

「どうかな。バッツは、傭兵タイプだ。だれかに雇われようとする。本気で金をとって誘拐するなら、場所と組む相手は選んだはずだ。学校にいったこともない粗野《そや》な連中に、女と子どもを誘拐させたりしない」

「学校とどんな関係があるの？」

「一度も教育を受けたことのない人間は、犯罪者として使えないんだ。指示を聞かずに勝手な行動をとるから。プロの犯罪者に元警官や軍の人間が多いのは、計画通りに実行できるからだな。だが、ファインズにダメージを与えるための誘拐なら、プロの犯罪者はいらない」

　しゃべり過ぎた、と気がついた。顔が赤らむのを感じた。つい視線をそらした。

「サールは一緒に旅行してたのか？」

「いいえ、母が頼んだの。父がビジネスにでかけてるあいだ、バッツが母に付きまとったから。アメリカ大使館に頼んだ護衛のひとりだったから、母は避《さ》けようがなかった。父は商談でいなかったし、母はサールに頼むしかなかったの」

ダニエルはふと口をつぐんだ。なにか思いだしたようだ。

「バッツのほかにも、ホテルのロビーで待ち伏《ぶ》せしてる男がいて、気味が悪かった」

「現地の人間？」

「いいえ。中国人の男。名前は知らない」

ダニエルは頭を持ち上げた。顔が青ざめている。記憶にあらがうようにいった。

「じゃあなぜ、父は記憶を消去する処置を受けたの？　事件とは無関係なのに？」

「ファインズの記憶消去の件だが――」

「ファインズは、ほんとに記憶の消去治療を受けたのか？」

黒丸は、ダニエルの表情を読みながら、そろそろ切りだした。

「もちろん。父は記憶を消去した。なにもかも忘れたから、事件の記録本を持って、日本にきた。おぼえていたら、そんなものは必要ない」

「ファインズは、あんたが事件の真相を知らないと思いこんでたのかもしれない。たとえば、アリヤと犯人のやり取りを、警察に話した？」

「いいえ、口にしたのはあなたがはじめて。アメリカの司法当局は、父が関与した証拠を探してて、わたしに父に不利な証言をさせようとした。母方の祖父が圧力をかけたんだと思う。あの人たちは、父の親権を停止させたがってたから。母が死んだのは父の責任だといって……」

怒りがダニエルの目のなかで燃えあがった。怒っている相手に反論するのは気がすすまなかったが、黒丸には確信があった。ファインズのことを調べて、この男が記憶消去を受けたとは信じられなくなったのだ。

「ファインズは自分の病気を受けいれた。生きることを楽しんだ。そんな男が、記憶を消すかな?」

「消した。父は何度も大事なものを捨ててきた。家族も会社も、自分の分身みたいなロボットもみんな捨てた」

彼女の声はナイフのように鋭かった。だけど、と黒丸はいった。

「記憶は人生だ。あんたも、記憶消去の治療は受けなかったじゃないか?」

父親より、子どものほうが深刻だったはずだ。だが彼女は自分の記憶を手放さなかった。母が命がけで自分を救ってくれたことを忘れたくなかったからだ。

ダニエルは、猛烈な早口で反論をまくしたてた。父親が受けた治療とその効果について。いつのまにかフランス語になり、ドイツ語が混ざって彼の自動翻訳機では追えなくなった。やがて英語にもどったが、そのどこかで彼女は自信を失った。

「そうね。父は忘れたふりをしたのかも」

内心では、父親が記憶を消去した話を疑っていたのだろう。ダニエルは肩を落としてしょんぼりしている。涙が、鼻の横を通って流れおちた。

「変だと思ってたんだ。母のことだけ都合よく忘れてたから。母の話をしたくなかったから、治療で記憶を消したってことにして、それをまわりにいいふらしたのね」

彼は笑うのをこらえた。ファインズは、やはりファインズだった。

「わたしをだましてたのね。許せない」

ダニエルは握り拳《こぶし》をふるわせている。突然、こわい顔で「席をかわって」といった。また殴るつもりかと身構えたが、そうではなかった。死ぬ直前にバッツが動いたらしく、身体の一部がシールドにはり付いていた。焼けこげた頭皮とむき出しの骨がみえる。

黒丸は、座る場所を交換した。ダニエルは壁を向いて、シールドを両脚で蹴《け》りはじめた。どんどん、という音が響いた。泣きながら蹴っている。彼女の怒りが落ちつくのを待ちながら、彼はコントロールパネルをいじった。なぐさめは必要ないだろう。気丈な女だ。

シールドに水滴がついた。天井のスプリンクラーがひらいた。水流がシールドの上を流れて、血の跡が溶けはじめた。

周囲から水音のささやきがした。水に包まれている。

静かになったことに気づいて、彼は隣をみた。ダニエルは祈りの形に両手を組み合わせて、泣いていた。教会においた聖像のように。

だれのための涙？　自分か？　それとも両親のため？

シールドについた血は、小さな点になっていた。その塊も洗いながされて消えた。

「あんたはもう安全だ」

ダニエルは小さくうなずいた。涙は止まっていた。

事件後に起きたことを、ぽつりぽつりと話した。

妻の遺体発見後、ファインズの行動は素早かった。遺体の身元確認にきた妻の身内にダニエルを預けて、自分はサンタクララの会社にもどった。会社のデータベースを文字通り空っぽにしてから、持ち株を共同経営者たちに叩き売った。セレコムズの経営責任者に就任したのは、妻が死んだ二ヶ月後。

「元共同経営者たちに、訴えられなかったのか？」

「なにも。いったでしょ。どんな取り引きをしたにしても、父は説明しないまま死んだ」

黒丸は、腹が減ってきた。当分シールドは開きそうもない。ベッド下に置いた食べ物を拾いあげた。死体に背中を向けて、ダニエルとわけあって食べた。彼女は、バッツの死を実感できて心底うれしい、といった。

「逮捕させても、いつもどこからか弁護士がでてきた。海華電信が、あの男を使ってわたしたちに嫌がらせしてたのよ」

ファインズはバッツを何年も尾行させて、タイで逮捕させた。バッツが終身刑になったときは、父娘はさぞかし安堵《あんど》したにちがいない。ダニエルは結婚して、ファインズはCEOの重責から解放されて、悠々自適《ゆうゆうじてき》の隠退生活に入った。日本にきて、好きなことをした。

ところが、バッツは数年で刑務所からでてきた。そのとき、ファインズには残り時間がほとんどなくなっていた。

ファインズは、昔と同じように、ロボットを敵に差しだすことを考えたのではないか？海華電信の会長に、バッツと交換に改造したロボットを引き渡すと約束して、バッツを連れてこさせたのだ。

だが、ファインズが計画した通りには運ばなかった。ファインズは、他人の強欲さを甘くみていたのだ。十五年たっても、ファインズの無邪気さは変わらなかった……。

「替えの車椅子を用意しなかったのは、ファインズも死ぬ気だったからだ。バッツを殺して自分も死に、娘の重荷を永遠に取り除く計画だった。ところが、肝心のバッツは奥の部屋に入ってこなかった。リビングで待たされた。海華電信の会長の意向で」

ダニエルは、陰気な表情をしている。

「パパは、部屋の仕掛けのことをなんにも話してくれなかった。わたしを信用してなかったんだ」

「知ったら、邪魔すると思ったんじゃないか？」

ファインズは、娘の良心を信じていたのだろう。同じ理由で、甥にも教えなかった。実際、定法は部屋の仕掛けを疑って、入り口のチップを外した。

「おれも『バッツ、死ね』と思いながら、口では逃げろといったからな。そういや、バッツが、社主に——、うちの会社に金儲けを持ちかけたんだ。あいつは金庫に金塊が入っているといった。海華電信の会長が、取引用に持ってきたものかもしれない。それでバッツは他人をけしかけてビルに侵入させた」

「その金塊はどこ？　金庫に？」

彼は考えた。卸元の倉庫の埃だらけの合金インゴットが浮かんだ。

「取引先が、倉庫のガラクタと一緒に引きとった。金メッキの合金だ。ああ、海華電信は、支払いをする気はこれっぽっちもなかったんだな」

・

スプリンクラーからの水流は、いつのまにか止まった。シールドの開閉が可能になったので、ダニエルはトイレにいきたい、といいだした。黒丸はマスクを貸した。ついでに靴の回収を頼んだ。ダニエルは死体に背中を向けて、壁に顔を押しつけるようにして部屋をでていった。

収納庫の扉が、音を立てて開いた。機械油まみれの黒いロボット犬が、のっそりでてきた。ロボット犬は、部屋を見回してバッツの死体のところにきた。死体を調べたあと、アームの二本をバッツに固定して引っぱりはじめた。広い場所で作業するつもりらしい。

ダニエルが、青い顔でもどってきた。彼の靴は持ってない。

「真っ暗だった。トイレも。早くシールドを閉じて！」

シールドが閉じると、空調が働きはじめた。悪臭は薄れていった。家のモードはシャットダウン中らしい。解除はできるが、ロボットの作業も中断されることになる。

黒丸は、先日、電脳工房の社長とともに、部屋の入り口パネルにチップをもどした。そのときのことをダニエルに話した。

社長が床に砂利をまいてクリーニングのボタンを押すと、今日と同じようにシールドが閉じて、スプリンクラーから水が噴きだした。ベッドの上の物とファインズの車椅子は、清掃されないが、送風があるため軽いものは吹きとばされる。排水口にはセンサーがついていて、ゴミが引っかかると、ロボット犬がでてくる仕掛けだ。他に扉をあける方法はない、と社長はいった。

『ゲイブはここを片づけたとき、金庫の内側からしか開かないようにしたんだよ。作業が中断されると、WANKOは収納庫にもどってしまうから気をつけて』

黒丸は、社長に頼んで自分を五人めの登録者にしてもらった。使ったのは上腕部の静脈網。バッツの生体認証で、玄関ドアが一度だけ開くようセキュリティを変更した。

今回の清掃終了後、家のセキュリティは解体される。ロボットは収納庫の外で待機モードになる。だが清掃作業が中断されれば、ロボットは収納庫に引っこんでしまい、永久にでてこなくなるかもしれない。

ダニエルはうなずいた。

「待つ。一日かけてもどったのはこのためだから」

ダニエルは一昨日出国したあと、シンガポールのセレディス・セレコムズ社に直行した。シンガポール・セレコムズ社のビルから、ヘリでマレーシア空港へ。二回乗り継いで横田基地に到着した。社内には、ファインズの協力企業と内密に話をするため、と説明してある。電脳工房の社長に送迎を頼んだ。

「今の段階では、父が改造したWANKOが使い物になるかどうかは判断できない。絶対に外部には漏らさないで」

もしファインズの改造が、商業ベースにのる価値があるなら、何千億もの投資案件になるだろう。各国政府が介入してくる。黙っている、と彼は約束した。

「バッツをつれてきた男たちは、あなたの会社の人?」

「通訳してたのが社主だ。直での取引はおすすめしない」

ダニエルは笑って靴をぬいだ。片足を引っぱりあげ、楽な姿勢になった。

「この件は、父が一度手放したロボットの改造をすると決めた時点で、グレイゾーンになったの」

目元ははればったかったが、彼女の声には力があった。自信を取りもどしつつある。

「ビルの六階から死体がふたつでてきて、だれの手にも負えなくなった。信託銀行が、子会社に丸投げにして逃げようとしたから、もめた。腰抜けよ。騒動の最中に、アンドリューズに耳打ちした人がいたの。こういう案件を、自社内で処理できる不動産会社があるって。わたしが自分で動くしかなかった。あなたをみつけたのは、幸運だった」

シティサイジングを調べて、財務内容が正直なところが気にいったといった。健全ではなく、正直。社主が知ったら喜ぶだろう。

「あんたがおれを信用したのは、定法の推薦があったから？」

「哲さんは、あなたを知ってることは認めてない。あの人に関しては、親戚のあいだで有名な話があってね。彼は昔、狼の仔《こ》を飼ってたのよ。人間の男の子の姿をした子どもの狼」

彼は女の口元をみた。心臓がひとつ、鼓動を飛ばした。

「母が死んだあと、わたしは自分ほど不幸な子どもはいないと思った。だって、この世で一番嫌いな人たちと暮らすことになっちゃったからね。母方の祖父母のことよ。かれらがわたしの監護権を持つといいだしたときは、この世の終わりだと思った。母の葬儀の日、祖父の四番ウッドでケリをつけることにしたの。家中を叩き壊してやった。で、ミネソタから永久追放」

「目に浮かぶよ」

笑っていたダニエルの表情が、ふと、陰った。

「……母もそうだったのかな。あの人たちに認めてもらいたくて、士官学校に入って軍の将校になった。母は生真面目《きまじめ》でやさしくて、いろんなトラウマを抱えてた。母が心からリラックスできたのは、サールといるときだけだった。サールは、とてもやさしい人だったから。母は結婚したあとで、サールと出会ったの。父と結婚しなかったら母とサールが会うことはなかった。不思議よね」

答えを求める質問ではないから、彼は黙っていた。定法のことが聞きたかった。ダニエルは、話をつづけた。

「わたしは緑陰に送られて、そこでも反発した。ある日、伯母様が、病棟にわたしをつれていったの。伯母様は、哲さんのそばにいた子どもを指さした。小さい男の子だった。ああやって一日中哲にくっついているのよ、と伯母様はいった」

当時、病院では脳の微細損傷や、虐待による後遺症を抱えた子どもたちの治療をおこなっていた。定法哲は、治療機械のシステムの協力者だった。

「あの子は凶暴で、なにするかわからないから、近づいちゃダメだって。見た目はとてもかわいいの。ヘルメットみたいなヘッドギアをつけてた。養《やしな》い親からひどい虐待を受けていて、普通じゃなかった」

彼はダニエルをながめた。彼女を病院でみたことがあるか考えた。

彼は子どもで、彼女はすこし年上の大人びた少女だったろう。ロビーの上からみおろした顔のなかにあったかもしれない。巻き毛にアーモンド型の目をしたきれいな女の子を彼は哲の妹だと思った。

「子どもは、病院中の機械を壊したのよ。それで追跡用のチップを身体に埋められて、彼が手術室に近づいたら、警報が鳴るようにしてた。哲さんの研究の被験者だったから、病院を追い出されることはなかったけど。哲さんは、その子の親代《が》わりだった。自分だって学生だったのに。子どもは性悪《しょうわる》だったけど、すごく我慢強くて、大人でも半日が限度のヘッドギアを寝るとき以外つけてた。哲さんのためよ。伯母様は、『いい子にしないと、あんたもあの子みたいに哲の実験台にされちゃうよ』って脅した」

「改心して、いい子になった？」

「多少は。今、思えば、ただの反抗期だったし」

ダニエルの目は、過去をみつめている。

「ある日、わたしの医療用のＩＤカードがなくなった。夜、ドアの内側に落ちてるのをみつけて、自分の勘違いだろうと思った。だって他人のＩＤカードを盗んでもそのままじゃハッキングには使えないもの」

ＩＤカードのチップに搭載されている生体認証のデータは、原本が厚労省のデータベースに保存されている。カードのデータ暗号プロテクトは、強固なことで有名だ。

「次の更新時に、ＩＤの生体認証の更新をした。そのとき履歴を確認したの。だれかがわたしの個人情報をのぞいていた。そんなふうに、ＩＤカードを抜き取られてプロフィールをのぞかれた人が大勢いた。彼は、病院中の人の秘密を盗んでいたのよ。そんな子を哲さんは手懐《なづ》けたの。不思議よ。今も昔も全然いい人ってわけじゃないのに」

どこがよかったの、と笑いをふくんだ黒い双眸が、彼に問いかけた。

「結局、『哲は狼の仔を馴《な》らした』って説に落ちついたの。狼っ仔は哲さんのいうことしか聞かなかったから。獣《けもの》みたいな目をしてた」

彼は、毎日、哲のあとを追って病院を歩きまわったことを思いだした。裸足《はだし》に触《ふ》れた床のひんやりした感触と、白衣をきた哲の背中。その情景が、水のにおいとともに浮かびあがった。

「彼はだんだん大人しくなって、とても賢いことがわかった。哲さんと同じくらいシステムが扱えた。でも、哲さんが結婚するちょっと前に病院を逃げだして、それっきり」

「……恩知らずなやつだな」

「あら、病院は経費を回収したんじゃない？　病院がサイバー攻撃を受けたとき、彼、哲さんを助けに戻ったそうだから。哲さんは、今でも狼の仔が戻るのを待ってる」

喉からのぼる血流が、ふいに熱をおびた気がした。指先まで熱っぽくなった。ダニエルは横目で彼をみている。

「最初にここの玄関をあけたとき、あなた、哲さんの生体認証を使ったでしょう。そのとき、哲さんの生体認証が二十代のときのままだってこと、おかしいとは思わなかった？　普通は五年で更新するのよ。でもあの人、ぜったいに更新しないの。理事長室に入ろうとして、しょっちゅうエラーを起こしてる」

彼は黙っていた。

「わたしが思うに、あの人は逃げだしたペットが帰ってくるのを待っているんじゃないかな。もし、狼の仔が帰ってきたとき、裏口のカギが変わってたら、それきり消えちゃうかもしれないし。ああ、今のは独り言《ひと》よ」

肩をすくめたあと、ダニエルは彼をちらりとみた。礼儀正しく目をそらして前を向いた。

しばらくして、ダニエルがたずねた。

「その子どもは、もう成人しただろうけど、だれかを愛せるようになったと思う？」

彼は考えながらいった。

「たぶん」

「なぜそう思うの?」

「他人を信じられる。自分のことも」

「学んだのね」

哲への借りは、ぜんぶ返したと思った。だが、借りを返したあとも、なにかが残っていた。返しきれない大きなもの。金でも義理でもない、なにか。今までその正体がわからなかった。

哲は、身寄りのない問題児を保護したことで、困った立場に追いこまれた。自分のせいで、哲が窮地に立たされたことは彼にもわかった。だが、哲はなにもいわなかった。むっつりと、彼の前を歩きつづけた。たまに彼が装着するヘッドギアの具合をたずね、頭をなでた。

彼に話しかけた言葉、頭をなでた手の温かさ。哲に触れられるたびに、彼の心の形は変わっていった。今でも変わりつづけている。忘れられるはずがない。忘れるものか。

少年院をでたあと更生したのは、もう一度、哲に会いたかったからだ。犯罪者ではない自分として。

シールドの表面を、水が流れた。

「金庫にはロボット以外になにが入ってるの? 飛行機が遅れて電脳工房の社長に説明してもらう時間がなかったの」

「アタッチメントだ」

彼は説明した。

ファインズは、西蓮寺ビルで、ロボットのアタッチメントの研究をしていた。それはほぼ完成していて、試作品とシステムが金庫に入っている。ダニエルがいっていた事件の記録本は、なかった。

「じゃあ本はどこへいったの？」

「さあ、燃えたんじゃないか」

そこらに放りだして燃えたか、ゴミとして片付けられたのかもしれない。そういったあと、相手の顔色が変わったのをみて、黒丸は付け加えた。

「アタッチメントの収納庫はすごかった」

ファインズは、簡単に作って再利用できるロボットの付属アームを開発したのだ。合金ブロックで形を作り、アクチュエーターで動かして、入力はアタッチメントを使う。玩具のブロックと同じ発想だ。

製品をできるだけ安く作りたかったファインズは、財団を使ってアクチュエーターの研究開発プロジェクトを立ちあげた。それが使途不明金の十億の行方だった。

今後、ファインズがこしらえた財団で、電脳工房の社長は仕様書を公開して、目的にかなう素材を研究する機関に、多額の助成金をだす予定になっている。

アタッチメントのシステムと設計図、システムのバージョンアップ版は、収納庫のマシンにおさめられている。隔壁をおろせば、免震装置ごと本体を取りだせる、と黒丸はいった。金庫の横の壁をおろして、アタッチメントマシンの全貌《ぜんぼう》を目にしたときの衝撃は忘れられない。鳥肌がたった。

軍のために長年仕事をして、ファインズは、人を守るロボットを作りつづけることに決めたのだ。

昔、芝生でスプリンクラーの水を浴びながら、猫の糞を片づけたロボットがファインズの最高傑作だった。娘にはわかってもらえなかったが。

「あんたの問題は、これですべて解決した？」

「ええ。わたしは安全だから」

彼は、女の顔をみた。瞳がうるんでいた。涙かと思い、それから興奮だと気がついた。熱気があった。

「それがカギなのか」

追尾《ついび》レーダーのような視線に、黒丸は気づかないふりをした。ヘッドセットで飛行機便を探した。空港サイトには接続できなかった。圏外。清掃中はドアが閉じているから外から電波がこない。

「不便な部屋だな」

ダニエルは大きな目でじっと彼をみている。

「おれは役に立たない。知ってるだろ？」

「関係ない。わたしの問題は性的接触で、性器そのものじゃないから」

それはそうだが、しかし……。

「家に帰るまで待てないのか？」

「今、この場だけかもしれない。そんなリスクは取れない」

ダニエルが髪のピンを外して、巻き付けた束をほどいた。柔らかい髪は、一振りで肩にふんわり広がった。とびきり美しい女だということを、今まで忘れていた。身体の奥がざわめいた。

「あなたは父の部屋の謎を解いた。次はわたしをそこから解放して」

黒丸は女の目をながめ、女の手を取った。しばらく考えた。

清潔とはいえない自分の状況や、女が賭《か》けているものの大きさ。彼にとってダニエルは仕事相手だ。いつのまにか性的対象から外れてしまったが。彼には自信がなく、彼女の身体も怖い。握った小さな手のふるえから、相手が、自分以上に不安を感じていると気がついた。

どうするか考えながら、ダニエルの手を握っていた。彼女は、店の女たちから話を聞いた。無力な男だと知った。昔病院にいた子どもだと気がついた。泥棒。だが、狼の仔は、盗んだ他人の情報を一言も漏らさなかった……。

解決策がみえてきた。

女の手をてのひらにのせて、指を開いた。

「あんたが指示してくれ。従うから」

彼女の身体から、こわばりが抜けた。

彼は目を閉じて頭を垂《た》れた。シャツが柔らかな指で脱がされていった。彼の手を取って、女は自分の肩に置いた。いつかのようにわたしに触れて。彼は許される境界に指をすべらせた。皮膚がおりなすなだらかな象牙色の起伏を思い浮かべた。乳房のあいだの谷間は、夏の花の香りがした。安全なひらけた平野を思い浮かべながら、腹部に耳を押しあてた。やわらかい。腸の動く音がする。重力の位相がかわった。空が麝香のにおいを放つ女の肌におおわれた。髪が雲のようにすべり動いて彼の足下に向かった。

外では、血なまぐさい処理が進行している。

シールドに骨の破片がぶつかった。血が飛び散った。何度か頭上のスプリンクラーがひらいて、シールドが水に濡れた。

水の膜ごしの外の世界は青白く、揺れていた。ダニエルという名前の雲は今、彼の上にいて、ゆっくりおりてくる。彼の身体は反応した。癒《い》えたのだ。この仕事のおかげで。

温かい舌の雨が彼を濡らした。

彼女のドアが開いている。ドアをあけられるのは、本人だけだ。十五年間、扉を閉ざしてきた。父親を失って夫も失いかけて、ようやく他人を招きいれる決心をしたのだ。黒丸が狭い入り口を通りぬけるあいだ、罠は発動しなかった。

封印を解いてその向こうに隠されたものをみつける。その衝動にはだれも勝てない。

哲が最後にかけたくさびが、女の熱に溶けて朽ちるのを感じた

・

温風が送られて、室内は乾きはじめた。洗浄されて清潔になった部屋から、湯気があがった。ロボットは送風口の下で、自分自身のメンテナンスをおこなっている。

湿気のこもる部屋の中を女を抱いて歩いた。

「あんたは自由だ」

シャツを素肌にはおった女が、海外と連絡を取りあっているあいだ、彼は外にでてテイクアウトのコーヒーと朝食を買ってきた。尾行も、監視カメラもなかった。

さし向かいに座ってコーヒーを飲んだ。

言葉は尽《つ》きていた。黙って目をあわせた。共有しているのは一緒に過ごした時間。その時間もじきに終わる。

「三十分したら、電脳工房の社長の車がくる。横田基地に送ってくれる」

「わたしのアシスタントになる話はどうする?」

「取り消す。あんたは、充分な謝礼を払ってくれた」

彼女の話は、金や仕事より価値があった。

ダニエルはあごをちょっと引いて彼をみた。微笑した。

「帰るのね?」

「お互いに」

彼女がパネルにタッチして、ダストシュートをあけた。ゴミを放りこんだ。そのほかの証拠と同様に、地下の焼却炉で燃えるのだろう。バッツの身体とともに。

死ぬために家に帰る男がいる。ファインズがそうだった。娘に最期を看取られたかったから、スイスにもどった。待っている人がいればそこが家だ。

彼は社主にメッセージを送った。

「西蓮寺ビル六階に、警備員を派遣してくれ。入口と屋上、内部、ビル周囲を見張るように。本物の警備員がいる」

この家を守るセキュリティはもうない。セレコムズ社の保安主任には、昨日知らせておいた。保安主任から、ロボットのための研究スペースを確保した、とメッセージが届いた。

ダニエル・マインコフは、最後に収納庫の中身を確認した。ロボット犬は黒丸と彼女のあいだに行儀よく座っている。ダニエルは彼から説明を受けたあと、確認欄にサインした。

ふたりは握手をかわした。シティサイジングにおける彼の仕事は、これをもって終了した。

# 解説

## ——ジェンダーSFと密室ミステリが織り成した、クロスジャンル的な天上の音楽《ぶんがく》

岡和田晃（文芸評論家、ゲームデザイナー）

生きていた証拠が、何一つ残らないという孤独。居場所もなく、気が狂いそうな底辺から世界を見上げたとき、欠損を埋めるべき「他者」とは誰で、聞こえてくる天上の音楽とは何か。いかにすれば、それに同期《シンクロナイズ》できるのか……。

本書『愛は、こぼれるqの音色』は、実力派のベテラン作家・図子慧が世に問う、物質的な書籍としては五年ぶりの単著。表題作のSF短編と、ミステリ長編「密室回路」の二重構成といった具合に、長さやジャンルをまたいだ仕様となっている。

成り立ちを説明しておくと、表題作の「愛は、こぼれるqの音色」は、本書に帯文を寄せた大森望が責任編集をつとめる『書き下ろし日本SFコレクション NOVA5』（河出文庫、二〇一一）を初出とし、性愛に関する独自の思弁性が高く評価された。ジェンダーに関した現代日本文学としては屈指の出来で、評者も大学での講義や作家志望者へ指導する際、何度となく受講生へ読むように推薦したもの。この作品が、背景設定を同じくする長編『アンドロギュヌスの皮膚』（河出書房新社、二〇一三）の発刊へと繋がったわけである。

『アンドロギュヌスの皮膚』は、バイオサスペンス、テクノスリラー、ハードボイルドクライムといった種々の要素をバランスよく取り入れながら、『グラップラー刃牙』を思わせる迫力の格闘大会まで盛り込まれた贅沢な長編。根底にあるテーマは記憶と暴力をめぐる葛藤で——アイラ・レヴィン『ブラジルから来た少年』の系譜に連なる——他者との関係に汚されない〝無垢なる存在〟のあり方を追求してみせた。

もちろん、小難しいことを考えずに、性差を超えた魅力をもつ主人公・三井の耽美的な魅力へ浸る読み方も悪くないだろう。また、本書を読んでキーパーソンの「定法哲」なる医師に興味をもった読者も、ぜひ『アンドロギュヌスの皮膚』に進んでもらいたい。

とにかく作り込まれており、著者の近年における代表作だと評者は考えている。宮内悠介や鈴木輝一郎といったプロ作家の賞賛もうなずけるところだ。しかしながら、なぜか同作は各種アワードにノミネートされることなく、ランキング本では圏外、書評も反応が鈍かった。練り込まれた技巧ほど見逃されがちな、昨今の状況を象徴している。何より、世間にあふれるフェミニズムへの無理解が手伝ったのではないかと評者は睨んでいる。

本書所収の「密室回路」は『アンドロギュヌスの皮膚』の続編（あるは姉妹編）に相当するが、アオリを受けてしまったのか、書き下ろされてから何年もお蔵入りを余儀なくされていた。図子慧という名前にピンと来た読者は、何を措いても入手すべき所以がここにある。今こそ、再評価のために声を上げるときなのだろう。

ただ、これが初めてという読者も、構えなくて大丈夫だ。世界観こそ共通だが、いずれも作品としては独立しているし、小説として志向するところも異なる。むしろ『愛は、こぼれるqの音色』は〝図子作品入門〟といった、みずみずしい佇まいですらあるのだ。先ほど、SFやミステリに関したカテゴリータームを便宜的に説明へ用いたが、その枠に留まらない水準の技巧を示しているのは間違いない。逆を言うと、SFやミステリという言葉に身構えてしまう読者であっても問題なく、本書を愉しむことができる。〝そのジャンルにしか出来ないこと〟を奇形化させる形で突き詰めたわけではないので、かえってその方が、表現のありようを率直に受け止められるかもしれない。

本書をはじめ、図子の作品はバランス感覚が絶妙で、身体感覚や感情の機微を過不足なく描き切ったところに特徴がある。無駄を削ぎ落とした透明な文体は、だらだらした内面描写に淫せず、会話や描写の一つ一つを磨き抜く。それは、日常と隣合わせにある昏がりへ落ち込まないために必要な、居場所を探るためのプロセスなのだろう。

「愛は、こぼれるqの音色」は、全編を覆う昏さ、皮膚にひりつく底冷えするような孤独の感覚が、まず伝わってくるのが印象深い。荒川に大浸水が起きて北千住・南千住の一帯は荒廃し、『マッドマックス』のようなポストアポカリプスとは言わないまでも、「治安の悪さは洒落にならない。歩いているものは犬でも襲われる」状態。日本という国の衰退は、自明の前提となっている。つまり、私たちの抱える孤独が、二〇五〇年という近未来のドヤ街を媒介とすることで、適度に客体化できるように仕組まれているのだ

主人公の黒丸は、『ナニワ金融道』の帝国金融めいた胡散臭い不動産屋の日雇いで、かつ住所不定の追い出し屋。「このまま死んだほうがいいんじゃないか、坊主?」／「地獄もおまえを入れてはくれないさ。地獄煉獄、どっちも人間の行くところだ」という台詞が、世界の温度を表現している。つまり、彼はすでにして人間ではない。崩壊した社会の、そのまた片隅で生き延びているだけの存在なのだ。

ちなみに先の台詞は、本作より前に書かれた短編「ゴースト」(『逆奏コンチェルト　イラスト先行・競作小説アンソロジー　奏の1』所収、徳間書店、二〇一〇)に出てくるもの。アトリエサードの刊行物に親しんでいる読者には「ナイトランド・クォータリー」誌などでお馴染み、フジワラヨウコウ(森山由海)による幽玄なイラストレーションにインスパイアされて書かれた作品で、主人公の黒丸は、ここでいち早く姿を見せていた。

「愛は、こぼれるqの音色」では、それまでの住まいを追い出される側の女性・カレンが出てくるわけだが、ヒロインなのに「四十五歳、無職」と、本邦における〝エンタメ〟のお約束からするとまるで色気がない。淡いロマンスよりも、ザラザラとしたリアルな現実を彷彿させる。そこからでなければ見えてこない風景があり、その事実をきちんと心がけているからの業だろう。ひょっとして、「絵」から文章が生まれたというシリーズの出発点が、少なからず影響しているのかもしれない。

本書の作品世界では、科学技術の方はそれなりに発展し、スマートフォンが触覚や聴覚といったインターフェイスの拡充に特化した形で進化を遂げた「コム」が人口に膾炙している。SFならば柾悟郎やニール・スティーヴンスンといったポストサイバーパンクの作家の試みの延長にあるのだろう。ストーリーゲームに関心のある読者であれば、神話学の著作で知られる健部伸明がデザインに関わった時期のアーバンアクションRPG『トーキョーN◎VA』を連想するかもしれない(実際に、『アンドロギュヌスの皮膚』を読んで遊びたくなったという

声をネットで見かけた)。

他方でSFやゲームを知らずとも、私たちが日常的に使用するデバイスの延長で理解できるようにもなっている。そのうえで、キネクスという脳波の情動を同期させるギミックに技術的発想の焦点が当てられている。キネクスとは、性行為など運動にまつわる情動を仮想的に共有するためのデバイスなのだが、独特の制限が課されている。だからこそ、黒丸とカレンが感覚を通わせる場面の美しさが際立つ。初めて以下の場面を読んだ際には、静かに鳥肌が立ったのを憶えている。

> 互いの指を握りあわせて、かすかに流れる女性ボーカルにあわせて身体を揺らした。押しつけられたカレンの腰と太ももが、最初のステップへと黒丸の足をいざなった。ターンしてサイドステップ。揺れて回転して、移動する。音楽が彼のなかで鳴りはじめた。
>
> 世界が歌声とともに回って、暗がりと溶け合った。中心に彼女の微笑がある。かすかな光に照らされたカレンは美しかった。

続く「密室回路」は、「愛は、こぼれるqの音色」で黒丸が経験した喪失を前提とした話であり、引退した大物ガブリエル・J・ファインズが残した罠だらけの「西蓮寺ビル」の謎を、論理的に解き明かすという意味での本格ミステリになっている。WANKOという、AIBOを発展させたかのようなガジェットも出てくるので、SF的なミステリとしても読めるかもしれない。「本格」のなかには、トリックの意外性やダイナミックな虚構性にこそ重きを置くミステリや、あるいは犯人や探偵の推理が、論理学的な意味でどこまで「真」たりうるのかといった語りの構造に着目する作品が少なくなく、そうした作風が批評的な注目を集めやすい。

だが、それらの作品が、往々にして全体が書割りのように薄くいびつになりがちなのに比べ、「密室回路」はむしろ、白紙状態《ターブラ・ラーサ》の存在・黒丸から出発し、組織や人間関係に突き動かされる形で、物語が社会的に奥行きと広がりを見せていくところが新鮮だ。「密室」だからとマニアックに閉じるのではなく、微細な感情の機微から「謎」が解き明かされ、反対に広がりを見せてすらゆくのだ。とかくヒロイン・ダニエルの、触れば血が出るほどの刺々しさが印象的だが、傷の深さ、直視するのが難しいほどの激しい痛みを伴うもの。ひょっとすると「密室」は、閉じられた心の隠喩なのかもしれない。読者は黒丸とともに、それを外部に開くための、回路を探るクエストに出るというわけだ。

ここで近年の図子慧の活動を、少しご紹介しておきたい。図子はネットマガジン「SF Prologue Wave」の編集委員をつとめていた時期があり（〜二〇一四年まで）、その時に書いたコラムがWeb上で読むことができる（「鳥籠」、「ズッシーは三途の川の夢をみるか」、http://prologuewave.com/ で「図子慧」と検索）。鬱病や介護といった重いテーマを題材に、作中に見え隠れする認知科学や神経化学への関心が正面から記されており、一読して損はない。

人工知能学会編『人工知能を見る夢は　AIショートショート集』（文春文庫、二〇一七）に収められた「ダウンサイジング」は、若年性痴呆症で脳の機能がダウングレードしていくプロセスを描写する「鳴かず飛ばず」の作家が行き着いた先を描いたもの。喪失の感覚に、エッセイと共通するものがある。その「切なさ」が注目され、新井素子編『ショートショート　ドロップス』（キノブックス、二〇一九）にも採録された。

また、意外かもしれないが、第8回・第9回日本SF評論賞の選考委員（二〇一三、一四年）も担当している。評論家顔負けの細かい読解で応募作を分析し、「荒巻義雄の「ブヨブヨ工学」　SF、シュルレアリスム、そしてナノテクノロジーのイマジネーション」を書いたタヤンディエー・ドゥニへ第8回の選考委員特別賞を与え、SF評論家としてデビューさせるなどした。

一風変わった活動としては、クトゥルー神話アンソロジー『無名都市への扉』（創土社、二〇一四）に参加。純愛ホラー（?）の中編「電撃の塔」を寄稿し、その縁あってか同書に収められたホラーRPG『インセイン』のゲームリプレイ「無明の遺跡」（宮澤伊織）にもプレイヤー参加。時間を間違えてゲーム・セッションへ遅刻するというお茶目ぶりを見せながらも、事前に関係資料を読破してきたことによる理知的なプレイングを披露した。

最近では絶版の憂き目にある自著の、Kindleやパピレスでの電子書籍化に力を入れており（http://zushikei.blogspot.jp/　からリンクされている）、「広島ＳＦ」としても評価された『ラザロ・ラザロ』（一九九八）や、易に題材をとった『駅神』（二〇〇七）、『駅神ふたたび』（二〇〇八）といった世評の高い作品群を、ふたたび世へ問うている。

付言すると、評者は東洋風ヒロイック・ファンタジー『十二月王子』（三部作、一九九一〜九三）のエロスに衝撃を受けた世代だが、こうした作品も再評価される価値はあると思う。他に印象深い絶版本だと、ジャンル小説ではなく一般向けに書かれた『お見合いストリート・ファイターズ』（一九九三）も、よくある「女性向けライトエッセイ」に見せかけ、ゼネコンと土地買収にちなんだ生々しい裏事情に基づく、ミステリ的な変化球が加えられた一作。

本書や『アンドロギュヌスの皮膚』を読み終えたら、電子書籍の『カメレオンマン』（三部作、二〇一二）を読むのがよいかもしれない。メガコーポのセレディス・セレコム社をはじめ、共通する背景の小説となっている。ちなみに『駅神』三部作は完結編も出来上がっており、電子書籍版が一〇〇〇部ダウンロードされれば、本になる目処がつくという。

この機会に評者も、未読であったデビュー作「クルト・フォルケンの神話」（一九八六）を電子書籍で購入し読んでみたが、フェデリコ・フェリーニ監督の映画『そして船は行く』のような雰囲気のある逸品で、若書きながらも構成がよく練られ、理知的な作風もこの時点で確立されている。第８回コバルト・ノベル大賞の受賞作だが、「少女小説」の想定読者とは様々な意味でかけ離れた評者であっても（すいません）愉しむことができた。それとともに、三十余年後の現在における作家の成熟もよくわかった。

いずれにせよ、本書は練磨された技巧で、図子慧の真骨頂を示す一冊。現代文学としても高水準にある。評者は「図書新聞」で四年ほど文芸時評を担当しているが、「純文学」の文芸誌でも、このレベルの新作にはまず出逢わないのが現実だ。何より現場のライターとしても技術的に高度な仕掛けをいくつも見つけ、刺激を受けた。静かな感動を読者のあなたと分かち合いたい。定期的に読み返したくなる、工芸品のような一冊だと確信する。

図子 慧（ずしけい）
1960年、愛媛県に生まれる。小説家。1986年、「クルトフォルケンの神話」で第8回コバルト大賞を受賞。87年『シンデレラの夜と昼』（集英社）を発表、以降SF『地下世界のダンディ』（同）はじめ、ファンタジー、ミステリーなど少女小説で多才ぶりを発揮し、さらに一般向けにも活動の場を広げる。代表作に『ラザロ・ラザロ』『駅神』（共に早川書房）、『媚薬』（角川書店）、『アンドロギュノスの皮膚』（河出書房新社）など多数。SFアンソロジー『NOVA5』（同）、『人工知能の見る夢は』（文藝春秋）、『ショートショート ドロップス』（キノブックス）にも参加。

TH Literature Series J-06

愛は、こぼれるqの音色

著　者　図子 慧

発行日　2019年3月28日

編　集　岩田恵
発行人　鈴木孝
発　行　有限会社アトリエサード
東京都豊島区南大塚1-33-1 〒170-0005
TEL.03-6304-1638 FAX.03-3946-3778
http://www.a-third.com/ th@a-third.com
振替口座／00160-8-728019
発　売　株式会社書苑新社
印　刷　モリモト印刷株式会社
定　価　本体2200円＋税
ISBN978-4-88375-345-1 C0093 ¥2200E


Printed in JAPAN

www.a-third.com